一擲賭乾坤

일척도건곤

임영기 新무협 판타지 소설

FANTASTIC ORIENTAL HEROES

일척도건곤 1

임영기 新무협 판타지 소설

초판 1쇄 찍은 날 § 2007년 12월 7일
초판 1쇄 펴낸 날 § 2007년 12월 17일

지은이 § 임영기
펴낸이 § 서경석

편집장 § 문혜영
편집 § 최하나 · 이환진

펴낸곳 § 도서출판 청어람
등록번호 § 제1081-1-89호
등록일자 § 1999. 5. 31
어람번호 § 제2-1359호

주소 § 경기도 부천시 원미구 심곡1동 350-1 남성B/D 3F (우) 420-011
전화 § 032-656-4452 팩스 § 032-656-4453
http://www.chungeoram.com
E-mail § eoram99@chollian.net

ⓒ 임영기, 2007

ISBN 978-89-251-1066-0 04810
ISBN 978-89-251-1065-3 (세트)

一擲賭乾坤

일척도 건곤

임영기 新무협 판타지 소설

FANTASTIC ORIENTAL HEROES

1

ㅣ호리(狐狸)와 호선(狐仙)ㅣ

도서출판 청어람

目次

나는 음악을 좋아한다.

음악이라고 하면 종류와 장르에 상관없이 모두 좋아한다.

그런데 취향이 좀 별나서인지 소위 심금을 울린다는 애절한 곡들을 즐겨 듣는 편이다. 그래서 오래전에는 '맬라니샤프카' 나 '블랙샤베쓰' 등에 심취했던 적이 있었다.

물론 가요도 즐겨 듣는다. 요즘에는 'F.T아일랜드' 나 '럼블피쉬', '브라운아이드걸즈', '리쌍', 'SG워너비' 를 좋아한다.

이것저것 듣다 보면 어느새 또다시 구성진 노래를 듣고 있는 나를 자주 발견하게 되는데, 국내 가수 중에서는 영화나 드라마의 OST를 많이 부르는 '오현란' 과 '페이지', 그리고 '김범수' 를 특히 좋아한다.

위에 열거한 사람들의 훌륭한 가창력과 판소리에서의 계면조(界面調) 같은 짙은 탄식, 슬픔을 자유자재로 쏟아내는 것이, 아마도 그들을 좋아하는 이유인 듯하다.

나의 소망은 내 글을 통해서 그들의 가창력 같은 빛나는 문장력과 탄식, 슬픔, 감동의 이야기들을 마음껏 발휘하고 싶다는 것이다.

눈물을 흘려도 가슴은 따스하고, 웃고 있어도 마음은 천 갈래 만 갈래 찢어지는, 그런 살아서 펄떡펄떡 뛰는 글을 쓰고 싶은 것이다.

또한 나는 팝이나 가요를 좋아하기 훨씬 이전부터 클래식 음악의 열렬한 마니아였다.

'비발디' 와 '바흐', '모짜르트', 그리고 '베토벤', '부르흐' 를 미친 듯이 좋아하는데, 그들의 음악이 나를 열광시키는 공통점은 그 음악 속에 '규칙' 과 '웅장' 과 '친숙', '섬세함', '광폭', '격정', '절망' 따위 인간이 살아가면서 느낄 수 있는 여러 감정의 형상들이 골고루, 그리고 깊숙이 용해되어 서로 끈끈하게 얽혀 있어서, 그것들이 나를 끊임없이 감동시키기 때문일 것이다.

나는 글을 쓰면서 부끄럽고도 수줍게, 그러나 용기를 내어 그들처럼 그런 감정의 형상들을 글 속에 녹여내고 싶어 한다.

음악과 무협 소설.

판이하게 다른 세계인 것 같지만, 안을 들여다보면 닮은 부분이 생각했던 것보다 훨씬 많다는 사실을 알고는 적잖이 놀라게 될 것이다.

글쓴이는 지휘자이고, 연주자들은 소설 속의 등장인물이며, 음표와 쉼표, 수많은 음악 부호들은 글이고 문장이다.

피아노 협주곡이면 피아니스트가 주인공이고, 바이올린 협주곡이면 또한 바이올리니스트가 주인공이다.

이번 작품 '일척도건곤(一擲賭乾坤)'은 말하자면, '브람스'의 '이중 협주곡' 같은 작품이다.

이중 협주곡이 '바이올린과 첼로를 위한 협조곡'인 것처럼, 일척도건곤은 주인공 호리(狐狸)와 호선(狐仙) 한 쌍의 남녀를 위한 작품이다.

협주곡처럼 짜임새 있게, 그리고 깊은 감동과 유쾌한 웃음. 거침없이 흐르는 유장(悠長)함을 살리려고 노력을 했다.

처녀작 '삼족오(三足烏)'를 시작으로 '일척도건곤'은 어느덧 여섯 번째 작품이 되고 있다.

초겨울 밤이 춥고 짧은 것은 나만 느끼고 있는 것 같다.

늘 곁에서 나를 챙겨주고 헌신하는 아내에게 불현듯 고맙다는 말을 하고 싶어지는 밤이다.

林榮基.

第一章
호리(狐狸)

"천하를 차지하느냐 못하느냐 성패를 놓고 벌이는 단판 승부!
그것이 일척도건곤(一擲賭乾坤)이다!"

一擲賭乾坤

"궁주(宮主). 정보를 수집해 본 결과도 그렇고, 여러모로 예감이 좋지 않습니다."

궁주의 최측근인 추공(秋空)이 허리를 굽히며 조심스럽게 아뢰었다.

"이번 회합에는 불참하시는 것이 어떨는지요?"

사십대 초반의 나이. 장대한 체구에 어깨에는 한 자루 철궁(鐵弓)을, 허리에는 도를 차고 있는 용맹한 용모의 추공이 진심으로 간언했다.

쪼르르—

그러나 궁주는 대답하지 않은 채 뼈가 보일 만큼 백옥처럼 투명한 손을 들어 차를 따르고 나서 찻잔을 들고 난간 너머의 먼곳을 바라보았다.

이곳은 천하에서 가장 아름답다고 정평이 나 있는 겨울궁전이다. 수십 채의 고루거각(高樓巨閣)들이 형형색색 저마다 아름다움을 뽐내고 있었다.

궁주가 있는 이곳은 그중에서도 가장 빼어난 아름다움을 자랑하는 칠층의 누각, 즉 칠보영롱루(七寶玲瓏樓)의 칠층 난간 가였다.

궁주는 이곳에서 바라보는 경치, 특히 하늘이 온통 새빨갛게 물든 석양을 무엇보다도 좋아했다.

그리고 지금 서쪽 하늘이 석양빛으로 물들어 있었다.

"그렇게 하세요, 궁주. 속하는 예감 같은 것은 믿지 않는 편이지만, 수집한 여러 정보를 종합해 본 결과 궁주를 노리고 있는 세력이 하나둘이 아닌 것 같아요. 그러니 회합 참가는 철회하심이 좋을 듯하군요."

추공 옆에 서 있는 삼십 세 정도의 빼어난 미모를 지닌 홍의여인 홍엽(紅葉)이 추공의 말을 이었다.

추공과 홍엽은 궁주가 가장 신임하는 최측근이다.

딸깍!

이윽고 궁주가 우아한 동작으로 찻잔을 내려놓으며 석양

에서 시선을 거두었다.

"두 사람은 나를 어떻게 생각하고 있지?"

추공과 홍엽은 궁주의 느닷없는 질문의 뜻을 금세 이해하지 못하고 가벼이 당황했다.

"당금 무림에서 무공으로 날 곤란에 빠뜨릴 인물이 있느냐는 말이야."

궁주가 다시 물었다.

"없습니다."

"없어요."

추공과 홍엽은 거의 동시에 입을 모아 대답했다.

궁주는 싸늘하게 두 사람을 바라보았다.

"지략. 은둔술. 추적술. 기관지학. 독술. 또 뭐가 있지? 하여튼, 그런 것들로 나를 핍박할 만한 인물이 있다고 생각해?"

지금 궁주는 화가 났기 때문에 두 사람을 싸늘하게 대하는 것이 아니다.

차가움과 오만함, 고귀함은 그녀를 대변하는 표식과도 같은 것이었다.

아마도 천하에서 그녀보다 차갑고 오만하며, 고귀한 여자는 단연코 한 명도 없을 터이다.

"없습니다."

"없어요."

추공과 홍엽은 두 번째 물음에도 역시 앵무새처럼 똑같은 대답을 했다.

그러면서 그들은 자신들의 힘으로는 도저히 궁주의 의지를 꺾을 수 없다는 사실을 깨달았다.

“그렇다면 준비시켜. 가는 길에 항주(杭州)를 거치는 것을 잊지 말도록.”

“항주는 무슨 일로 들르시려고…….”

“유람이야.”

궁주는 다시 차를 따르고 두 손으로 찻잔을 감싸며 조금 전에 보다가 만 석양을 향해 시선을 던졌다.

＊　　　＊　　　＊

절강(浙江) 항주(杭州).

항주는 미인이 많기로 유명한 색향(色鄕)인 동시에 유적지와 명승지가 수두룩해서 사시사철 유람객과 시인묵객들의 발길이 끊이지 않는 곳이다.

그것에 한 가지를 더 부언하자면, 항주는 물의 고장[水鄕]이었다.

즉, 도로보다는 수많은 강과 운하를 통한 수로(水路)가 더 발달되어 있다는 뜻이다.

배 한 척만 있으면 항주를 기점으로 하여 절강성 전역은 물론 천하에 가지 못할 곳이 없을 정도였다.

태화각(太和閣)은 항주에서도 열 손가락 안에 꼽히는 유명한 주루다.

특히 태화각 삼층에 있는 귀빈실들은 한 번 빌리는 데 드는 대여료가 은자 오십 냥일 정도로 비싸고 또 화려해서 주로 고관대작이나 부호들만이 단골로 사용했다.

그 귀빈실 중 한 곳에서 지금 모종의 거래가 이루어지고 있는 중이었다.

"흠! 쓸 만하군. 좋소. 거래합시다."

입에 넣었던 새끼손가락을 빼면서 한 사람이 흡족한 미소를 지으며 고개를 끄덕였다.

그는 격조 높은 황의비단옷을 입었으며, 코와 입 주변에 멋스러운 검은 수염을 기른 삼십대 중반의 나이였다.

맑고 서글서글한 눈에 굵고 매끈한 콧날, 붉으면서 아름다운 입술과 턱까지 이어진 거뭇거뭇한 구레나룻. 한마디로 사내 중에서도 사내다운 미장부였다.

그가 방금 새끼손가락에 찍어서 맛을 본 것은 생아편(生阿片)이었다.

생아편을 물에 녹여 불용분(不溶分)을 제거한 후에 증발,

농축의 가공 단계를 거쳐서 만들어진 액상(液狀)의 아편을 특별하게 제작한 곰방대에 넣어 흡연하는 것이 정상적인 생아편의 이용 방법이다.

그런데 황의인은 그것을 서슴없이 손가락으로 찍어서 직접 맛을 본 것이다.

그런 방법은 찌들은 아편쟁이나 고도로 전문적인 아편상(阿片商)만이 할 수 있는 행동이며, 피치 못해서 그래야만 할 경우에는 극히 미량을 찍어 맛을 본다.

맛이 지독하게 쓸뿐더러 독해서 웬만한 사람들은 혀와 입 안이 죄다 헐어버리기 때문이다. 그런데도 황의인은 아무렇지도 않은 듯 시종 태연했다.

그는 옆에 시립하고 있는 하인 행색의 장한이 공손히 바치는 깨끗한 비단 천을 받아 새끼손가락을 닦으며 자신의 맞은편에 앉은 뚱뚱한 초로인을 쳐다보았다.

"얼마라고 했소?"

뚱뚱한 초로인은 전형적인 장사치의 모습이었으며, 더 이상 화려할 수 없을 정도의 최고급 비단옷을 입고 있었다.

그는 상대로 하여금 신뢰를 느끼게 하는 엷은 미소를 지으며 공손히 대답했다.

"은자 천오백 냥입니다."

원래 이천 냥을 부를 생각이었는데, 황의인이 워낙 전문가

같아서 제 값을 부를 수밖에 없었다.

방금 황의인이 생아편을 손가락으로 찍어서 직접 맛을 보는 것만 보더라도 전문가가 틀림이 없었다.

"사겠소."

쿵!

황의인이 고개를 끄덕이자 옆의 하인이 묵직한 목함(木函) 하나를 탁자에 올려놓았다.

탁자에는 원래 있었던 생아편이 담긴 검은색의 목함과 방금 올려놓은 은자가 담긴 같은 크기의 목함 두 개가 나란히 놓여졌다.

황의인이 일어서면서 미소를 지으며 포권을 했다.

"좋은 거래였소."

초로인도 급히 따라 일어서며 정중하게 허리를 굽혔다.

"앞으로 종종 불러주십시오, 호(豪) 대인."

초로인은 장사로 닳고 닳은 위인이라서 사람을 한 번 척 보기만 해도 신분이나 성격을 줄줄 꿸 수 있다.

그가 보기에 황의인은 지체 높은 학자 가문의 유생이거나 신분을 밝히고 싶어하지 않는 관리가 분명했다.

그러므로 비밀리에 생아편을 사들여 이문을 남기는 장사 따위를 할 리는 없고, 필경 집 안에 아편굴을 만들어놓고 같은 부류의 유생들이나 관리들끼리 모여서 은밀하게 연회를 즐기려는 것 같았다.

이런 고객은 절대 뒤탈이 없으며, 한 번 단골로 만들어놓으면 오랫동안 좋은 관계를 유지할 수가 있다는 것이 초로인의 오랜 장사 경험에서 나온 안목의 결론이었다.

초로인은 황의인을 확실한 단골로 붙잡기 위한 노력을 아끼지 않았다.

그는 품속에서 하나의 작은 옥갑(玉匣)을 꺼내 두 손으로 공손히 내밀었다.

"저, 이것을 한번 써보십시오."

"무엇이오?"

"일단 한번 보십시오."

황의인이 옥갑을 열자 안에 들어 있는 흑갈색의 단단하고 매끄러운 물체가 모습을 나타냈다.

"오! 이것은?"

"역시 알아보시는군요. 극상품의 흑작편(黑雀片)입니다."

"이것을 내게 주는 것이오?"

"맛을 보시고 만족하시면 아무쪼록 앞으로도 거래를 하실 때에는 저를 잊지 말아주십시오."

다음에도 또 거래를 하자는 수작이었고, 그가 내민 것은 말하자면 뇌물이었다.

"알겠소. 내 감(坎) 대인을 잊지 않겠소."

"대인이라니, 송구합니다. 그저 감상택(坎常澤)이라고 이름을 불러주십시오."

"어찌 그럴 수가……."

황의인은 겸양을 표한 후에 옆의 장한에게 지시했다.

"물건을 챙겨라."

장한이 두 개의 목함 중에 하나의 뚜껑을 열려고 하자 황의인이 손을 저었다.

"확인은 무슨, 설마 감 대인이 우리를 속일 분이시냐? 그냥 챙겨둬라."

"그러문입쇼."

원래 이런 거래는 아무리 믿는 사이라고 해도 꼼꼼하게 물건과 돈을 확인하는 것이 기본 철칙이다.

대부분의 장사치들은 설사 부자지간일지라도 확인을 게을리 하지 않는다.

그러나 초로인 감상택은 이 거래만은 특별히 예외로 여기고 싶었다.

상대가 물건을 확인하지 않는다는 것은 감상택 자신을 믿겠다는 뜻이 아닌가?

그렇다면 이쪽에서도 같이 보조를 맞추어 화답하는 것이 봉을 놓치지 않는 행동일 것이다.

또한 상대가 대범하게 물건을 확인하지 않는데, 자신만 물건 값을 확인한답시고 수선을 피우는 것도 우스운 꼴이 아닐 수 없었다.

"그럼 먼저 가보시오. 나는 마시던 차나 마저 마시고 천천히 가리다."

"그럼 먼저 실례하겠습니다."

감상택은 공손히 허리를 굽힌 후 뒤에 서 있던 건장한 장한에게 은자가 담긴 묵직한 목함을 들려서 방문 쪽으로 뒷걸음쳐 가다가 문에 거의 이르러서야 몸을 돌렸다.

황의인은 먼저 일어서지 않고 이곳에 잠시 남아 있겠다고 했다. 그렇다면 감상택이 밖으로 나가서 목함 속의 은자를 확인한 연후에 만에 하나 이상이 있을 시 다시 이 방으로 들이닥치면 되는 것이다.

"꼭 연락주십시오, 호 대인."

"기다리시오. 조만간 기별하리다."

황의인 호 대인은 찻잔에 차를 따르면서 부드럽게 미소 지으며 고개를 끄덕였다.

막 방을 나가려던 감상택은 호 대인의 미소를 접한 순간 등골이 찌르르한 것을 느꼈다.

감상택이 사람을 대하는 가치 기준은 영준함이나 학식, 덕망, 아름다움 따위가 아니라 오로지 부자냐 가난뱅이냐는 사실뿐이었다.

그런 그가 호 대인의 미소에 정신이 아찔할 정도의 충격을 받은 것이다. 호 대인의 미소는 그만큼 아름다웠다.

'역시……. 이번에는 내가 제대로 봉을 잡았어!'

아름다운 미소와 봉은 하등의 관계가 없는데도 일이 술술 잘 풀리다 보니 그는 그것마저도 좋은 징조로 삼았다.

그러나 그 기분은 그리 오래가지 않았다.

왈칵!

감상택이 나가고 나서 불과 사분의 일각 정도의 시간이 지났을 때, 누군가 방문을 부서질 듯이 거칠게 열어젖히며 실내로 들이닥쳤다.

감상택이 데리고 온 장한, 아니, 심복 무사였다.

그는 엎어질 듯이 들어서자마자 눈에 불을 켜고 재빨리 실내를 둘러보았다.

그러나 차를 마시고 있겠다던 호 대인과 하인의 모습은 어디에도 보이지 않았다.

심복 무사는 옆구리에 목함을 낀 채 실내가 좁다 하고 이리 뛰고 저리 뛰면서 구석구석을 샅샅이 뒤졌으나 결과는 마찬가지였다.

쿵쿵쿵!

"헉헉헉! 그, 그놈들 있느냐?"

그때 감상택이 숨이 턱에 차서 육중한 몸을 이끌고 구르듯이 달려 들어오며 물었다.

"벌써 도망쳤습니다."

심복 무사가 대답하자 감상택은 다리에 힘이 풀리는지 의자에 털썩 주저앉았다.

"어이쿠! 알토란 같은 내 아편……."

그의 시선이 심복 무사가 옆구리에 끼고 있는 목함으로 향하더니 울화가 치미는지 이를 부드득 갈았다.

"으으… 이놈! 돌멩이를 가득 담아놓고서 뭐? 은자 천오백 냥이라고?"

그는 생각할수록 기가 막히고 화가 치미는지 얼굴이 새빨개져서 일어섰다 앉았다, 주먹을 쥐었다 폈다 반복하면서 어쩔 줄을 몰라 했다.

그러다가 뚝 동작을 멈추더니 심복 무사에게 급히 물었다.

"부격(副格)! 너, 그놈들이 나오는 것 봤느냐?"

"못 봤습니다."

"음! 계단을 통하지 않고는 이 건물을 빠져나갈 수 있는 방법이 없지."

호 대인과 헤어져서 계단을 내려가던 감상택은 목함 안을 확인하지 않은 것이 못내 찜찜했다.

호 대인을 믿지 못해서가 아니었다. 호 대인 같은 사람을 믿지 못한다면 천하에 믿을 만한 사람은 아무도 없을 것이라고 생각했던 그였다.

그는 무엇이든지 확인을 해야만 안심을 하는 오래된 습관을 갖고 있었다.

그래서 단지 순전히 자신의 오래된 습관을 충족시키기 위해, 계단을 거의 다 내려간 일층 층계참에서 심복 무사 부격에게 목함을 열어보라고 지시했었다.

그리고는 목함 안에 위에만 살짝 은자가 덮이고 아래는 모두 돌멩이라는 사실을 발견한 직후 부리나케 이곳 삼층 귀빈실로 뛰어 올라온 것이 전부였다.

순간 실내를 빠르게 훑어보던 감상택의 눈길이 한 곳에 딱 고정됐다.

한쪽 벽의 삼분의 일이나 차지하고 있는 큼직한 창이었다.

그리고 그 창은 지금 활짝 열려 있었다.

"놈들은 창으로 도망쳤다!"

감상택은 다급히 외치는 것과 동시에 뒤뚱거리면서 창으로 달려들었다.

"대인, 창 아래는 운하라서 도망칠 수 없습니다. 사전에 다 조사했잖습니까?"

부격이 감상택을 뒤따라 창으로 다가가면서 어림도 없다는 듯 고개를 가로저었다.

그랬었다. 용의주도한 감상택은 언제나 그랬던 것처럼 만약을 위해서 창 아래에 깊고 넓은 운하가 있는, 즉 도주로가 차단된 방을 골랐던 것이다.

그러나 창 아래를 굽어보던 감상택의 얼굴이 돼지의 썩은 간 색깔로 변했다.

"우라질!"

그의 눈에 비친 것은, 창에서 아래로 늘어뜨려진 밧줄을 붙잡은 채 내려가고 있는 호 대인과 장한, 그리고 그들의 아래쪽에 한 척의 작은 배가 떠 있는 광경이었다.

밧줄에 대롱대롱 매달려 있는 호 대인의 모습은 감상택의 눈에 더 이상 격조 높은 유생이나 관리가 아니었다. 그저 겉만 번지르르한 사기꾼일 뿐이었다.

그때 호 대인이 자신을 굽어보고 있는 감상택을 발견하고는 히죽 웃어 보였다.

같은 사람이 짓는 웃음이지만, 감상택은 호 대인의 이번 웃음에서는 아까처럼 찌르르한 전율을 느끼지 못했다. 그 대신 허파가 뒤집어질 것 같은 분노를 느꼈다.

"부격! 당장 밧줄을 잘라라! 어서!"

탕!

부격이 즉시 어깨에 메고 있던 도를 뽑아 밧줄을 내려쳐 단칼에 끊어버렸다.

그러나 호 대인과 장한은 배에 거의 도달해 있었기 때문에 가볍게 배에 내려섰다.

호 대인은 삼층 창가에서 붉으락푸르락하는 얼굴로 굽어 보고 있는 감상택에게 짐짓 정중하게 포권을 해 보였다.

"고맙소, 감 대인. 부디 만수무강하시오."

"으으… 네 이노오옴!"

"아! 그런데 이게 대체 무엇에 쓰는 물건이오? 아까 흑작편이라고 말씀하셨던 것 같은데."

호 대인이 품에서 옥갑을 꺼내 보이며 고개를 갸웃거리면서 물었다.

감상택은 어이가 없다 못해서 아예 입에 거품을 물고 기절을 할 판국이었다.

흑작편이 무엇인지도 모르는 사기꾼 놈에게 후일의 거래를 도모한답시고 족히 금화 다섯 냥 가치는 나갈 귀하디귀한 흑작편을 두 손으로 공손히 바쳤으니, 심장이 벌렁거리고 오장육부에서 연기가 뿜어지는 것 같았다.

"으으으… 네놈을 잡아서 천참만륙 갈가리 찢어 죽이지 못한다면 내가 감상택이란 이름을 버리겠다! 이노옴!"

삐걱! 삐걱!

작은 배의 고물에 서 있던 철탑 같은 체구의 텁석부리 중년 사내가 노를 젓기 시작하자 호 대인이 탄 배가 움직이기 시작하더니, 잠깐 사이에 멀어지며 운하를 오가는 크고 작은 배들 사이에 묻혀 버렸다.

감상택은 호 대인의 배가 이미 시야에서 사라졌지만 쉽사리 창에서 물러나지 못했다.

은자 천오백 냥어치 생아편도 생아편이려니와, 더 속이 뒤집히는 것은 철두철미하기로 소문난 감상택 자신이 두 눈 뻔히 뜨고 속수무책으로 당했다는 사실이었다.

게다가 흑작편까지 두 손으로 바치다니…….

"으음! 부격, 저놈이 누군지 당장 알아봐라!"

부격은 짙은 눈썹을 찌푸리며 씁쓸하게 중얼거렸다.

"대인, 알아보고 자시고 할 것도 없을 것 같습니다."

감상택은 눈을 부라렸다.

"무슨 소리냐?"

"이 큰 항주성에서 저 정도의 배포와 계략을 꾸밀 만한 자는 딱 한 명뿐이라는 사실이 방금 생각났습니다."

"그게 누구냐?"

"호리(狐狸)입니다."

감상택의 두 눈이 퉁방울처럼 커졌다.

"그 호리가… 바로 저 호리라는 말이냐?"

"그렇습니다."

"물! 물!"

호 대인, 아니, 호리는 작은 배 위에 지어진 움집 안 구석에 있는 물 항아리로 허둥지둥 달려가더니 얼굴을 처박고 미친 듯이 물을 들이켰다.

그러나 그것도 잠깐, 항아리에서 얼굴을 빼낸 그는 냅다 움집 밖으로 엎어질 듯이 기어나가 배의 난간 밖으로 상체를 내밀고 결사적으로 구역질을 해댔다.

"우웨엑! 웨액!"

그의 하인 역할을 했던 장한 은초(銀貂)가 급히 다가와 등을 두드려 주었다.

"호리야! 왜 그래? 뭐가 잘못됐냐?"

호리는 내장까지 다 끄집어낼 것처럼 한참이나 더 토악질을 해대더니 눈물 콧물에 입에서는 침까지 질질 흘리면서 곧 죽을 것 같은 시늉을 했다.

"흐으으……. 생아편이 그렇게 독한 줄은 몰랐어……. 입 속하고 목구멍이 다 헐었나 봐……."

"정말이야? 어디 좀 보자!"

호리가 입을 쩍 벌렸고, 입속을 들여다보던 은초의 낯빛이 거멓게 변했다.

"맙소사……! 너…… 진짜 독종이로구나? 이 지경이 되고서도 태연하게 웃고 있었어?"

호리의 입속과 목구멍은 껍질이 홀라당 까져서 분칠을 한 것처럼 허옇게 변해 있었다.

"됐다. 이제 괜찮아졌어."

호리는 언제 난리를 피웠냐는 듯 감상택과 거래를 할 때처럼 싱긋 미소를 지어 보이더니 움집 안으로 들어갔다.

은초는 호리가 생아편을 손가락으로 듬뿍 찍어서 맛을 보고도 끄떡없었던 것이 결정적으로 감상택의 신뢰를 이끌어냈다는 사실을 잘 알고 있다.

만약 호리의 희생이 없었더라면, 이 사기 행각은 결코 성공하지 못했을 것이다.

하긴, 언제나 치밀한 계획을 세우고 또 중요하거나 위험한 역할을 도맡아서 하는 것은 호리니까, 이번 일이라고 해서 예외가 아니었다.

第二章
물에서 건진 소녀

一擲乾坤

산동(山東) 동북단에 위치한 어촌 봉래현(蓬萊縣) 거리는 몹시 어수선하고 분주했다.

무림계에서 대단한 세력과 영향력을 지니고 있는 대방파의 아들이 오늘 봉래현에 온다는 것이었다.

그것 때문에 봉래현에서 가장 큰 방파인 철기보(鐵龍堡)는 새벽 댓바람부터 거리를 정리한다, 청소를 한다, 법석을 떨었으며, 또한 연회 준비를 한답시고 온갖 요리 재료들을 몽땅 사들이는 바람에 현의 주루와 기루들은 아예 영업을 포기하고 일찌감치 문을 닫아야만 했다.

들리는 소문에 의하면, 대방파의 아들은 내일 아침에 봉래현 포구에서 배를 타는 것 때문에 철기보에서 오늘 하룻밤 묵는 것이라고 한다.

다각다각다각!
우두두두!
대방파 아들의 행렬은 실로 요란하고 화려했다.
선두에서는 철기보의 네 당주가 탄 네 필의 준마가 위풍당당하게 길잡이를 하고 있었다.
그 뒤를 대방파의 아들을 호위하는 금의고수 두 명이 탄 말이 늠름하게 따랐으며, 그 뒤에 네 필의 준마가 끄는 화려한 사두마차가 따르고 있는데, 그 마차 안에 대방파의 아들이 타고 있었다.
마차 뒤에는 말을 탄 여덟 명의 금의고수가 네 명씩 두 줄로, 그 뒤에는 백여 명의 철기보 무사들이 대오를 갖춘 채 구보로 뛰어서 따르고 있었다.
사정을 모르는 사람이 봤다면 영락없이 일국의 황제나 황족의 행차라고 오해를 할 정도로 거창했다.
거리 양쪽 연도에는 철기보의 강압에 의해서 내몰려 나온 마을 사람 수백 명이 '와아! 와아!' 건성으로 소리를 지르면서 대방파의 아들을 환영했다.

그때 마차가 갑자기 정지했다.

그러자 앞뒤의 행렬도 일제히 멈췄다.

맨 앞 철기보의 네 당주 중 한 명이 말에서 내려 급히 마차로 달려갔다.

마차 문에는 조그만 창이 열려 있었는데, 당주는 그 앞에서 허리를 직각으로 꺾었다.

"분부가 계십니까?"

마차 안에서는 아무런 대꾸도 없었다. 단지 두 쌍의 눈이 밖을 내다보고 있었다.

"누구…… 말씀이십니까?"

그중 한 쌍의 눈이 창에 눈을 바짝 대면서 밖을 살피며 공손히 물었다.

당주는 그것이 자신의 상전인 소보주의 목소리라는 것을 즉시 알아차렸다.

"저 여자."

손가락 하나가 길가의 한곳을 가리키고 나서 피곤하다는 듯 몸을 뒤로 눕혔다.

철기보 소보주는 손가락 끝이 가리키는 곳을 보다가 곧 눈살을 찌푸렸다.

'하필이면…….'

손가락의 주인, 즉 대방파의 아들은 거의 벌거벗은 것이나

다름이 없는 한 여자의 무릎을 베고 누우면서 나태한 목소리
를 흘려냈다.

"곤란한가?"

"아, 아닙니다. 당장 데리고 오겠습니다."

대방파의 아들은 무림계에서도 알아주는 파락호인데, 반
반한 여자만 보면 사족을 못 쓰고 반드시 품에 안아야만 직성
이 풀리는 호색한으로 더 유명했다.

그 소문을 익히 알고 있는 철기보 소보주는 그를 위해 제남
성에서 가장 유명한 기녀를 다섯 명씩이나 오늘 밤의 연회를
위해서 불러다 놓았다.

하지만 대방파의 아들은 연회를 시작하기도 전에 전혀 예
상하지 못했던 여자를 원하고 있었다.

연지(蓮芝)는 작은 대바구니를 팔에 끼고 사람들 사이를 바
쁘게 걸어가고 있었다.

철기보에서 큰 연회를 베푼다고 요리의 재료가 될 만한 것
들은 죄다 싹쓸이를 해 간 터라 도무지 반찬거리를 구할 수가
없었다.

오늘은 아버지 생신이라서 팔미채(八味菜)와 삼합장과(三
合醬果)를 꼭 해드리고 싶었는데, 지금껏 재료를 두 가지밖에
구하지 못했다.

특히 팔미채는 아버지가 아주 좋아하는 요리라서 어떻게

든 꼭 해드리려는 마음에 연지는 연도에 들어선 사람들 사이를 바쁘게 빠져나가며 거리를 거슬러 올랐다.

연지를 발견한 마을 사람들은 고개를 숙여 공손히 인사하며 급히 길을 터주었다.

그녀는 올해 십육 세의 나이다.

그녀가 입고 있는 평범한 무명 곡령의(曲領衣)와 무명치마 속에는 어린 소녀티를 벗고 성숙해지기 시작한 싱싱하고 탱글탱글한 몸매가 꼭꼭 감추어져 있었고, 얼굴은 수선화처럼 청초하고 아름다웠다.

그때 갑자기 한 사람이 연지의 앞을 떡 막아섰다.

철기보 소보주의 명을 받은 네 당주 중에 한 명, 즉 흑기당주(黑騎堂主)였다.

연지가 걸음을 멈추고 의아한 표정으로 쳐다보자 흑기당주는 자못 정중하게 예를 갖추며 입을 열었다.

"조(曺) 낭자, 소보주께서 잠시 뵙자고 하시오."

정중한 언행이었지만 여차하면 무력이라도 행사할 태세라는 것을 연지는 자신을 포위하고 있는 다섯 명의 철기보 무사를 보고 즉시 알아차릴 수 있었다.

마을 사람들은 불안한 표정을 지었지만 아무도 나서지 못했다. 사람들은 연지, 아니, 그녀의 부친을 몹시 존경하지만, 봉래현에서 철기보는 정말 무서운 존재였다.

그러니 괜히 나서서 입바른 소리를 했다가 패가망신당하는 것은 불을 보듯 뻔한 일이었다.

"관심없어요."

연지는 말보다 더 쌀쌀맞은 동작으로 흑기당주의 곁을 스쳐 지나갔다.

척!

"조 낭자! 본 보의 소보주를 업신여기는 것이오?"

그러자 흑기당주가 연지의 팔을 힘주어 움켜잡으면서 험상궂게 으르딱딱거렸다.

뻑!

"흐윽!"

다음 순간 짧고 둔탁한 음향과 함께 흑기당주의 몸이 허공으로 붕 떠오르더니 마차 쪽으로 머리를 둔 채 땅바닥에 널브러졌다.

연지가 어떻게 손을 썼는지 본 사람은 아무도 없었지만, 흑기당주는 가슴에 일격을 당하고 그대로 혼절해 버렸다.

차창!

그러자 포위하고 있던 다섯 명의 철기보 무사들이 일제히 연지에게 덮쳐들면서 도검을 뽑으며 공격을 퍼부었다.

평소 같으면 흑기당주나 철기보 무사들이 연지를 공격하는 짓 따윈 있을 수도 없는 일이었다.

"감히!"

연지는 두려워하기는커녕 차갑게 꾸짖고는 눈을 똑바로 뜬 채 공격해 오는 다섯 명을 쏘아보았다.

다섯 자루의 도검이 연지의 온몸으로 쏟아져 내릴 때, 그녀의 몸이 빙글 회전을 하면서 두 팔이 각기 다른 방향으로 쏜살같이 튀어나갔다.

그 광경은 마치 한 마리 백학이 날개를 활짝 펴고 펄럭이면서 춤을 추는 것처럼 아름다웠다.

퍼퍽!

"커흑!"

"왁!"

뒤이어 둔탁한 음향이 터지는 것과 동시에 덮쳐들던 다섯 명 중에 두 명이 뒤로 일 장가량 튕겨졌다가 땅바닥에 내동댕이쳐졌다.

연지의 춤은 계속됐다. 지상에서 반 장 높이로 훌쩍 솟구치더니 허공중에서 한 바퀴 회전을 하며 연이어 두 발을 뻗어냈다.

타타탁!

그녀의 발등과 발뒤꿈치에 관자놀이를 적중당한 나머지 세 명은 찍소리도 내지 못하고 거꾸러졌다.

이윽고 사뿐히 땅에 내려선 연지는 쓰러진 자들에게 눈길조차 주지 않은 채 아무 일도 없었다는 듯 찬바람을 일으키며 다시 걸음을 옮겼다.

그녀의 관심사는 아버지의 생신 상을 근사하게 차려 드리는 것뿐이었다.

그러나 그녀는 채 세 걸음도 걷지 못했다.

세 당주를 비롯한 수십 명의 철기보 무사들이 그녀를 겹겹이 에워싼 것이다.

덜컥!

그리고 마차의 문이 열리더니 철기보 소보주에 이어서 대방파의 아들이 마침내 모습을 드러냈다.

*   *   *

호리의 배는 운하를 벗어나 서호(西湖) 북쪽 호안의 무성한 갈대숲 속으로 숨어들었다.

대낮이라고 해도 호리의 작은 배 같은 것은 갈대숲에 완전히 파묻혀 버려서 드넓은 갈대숲을 일일이 뒤지지 않는 한 결코 찾아내지 못할 것이다.

그러나 갈대숲 끝에서 끝까지 일일이 뒤지는 데에만 족히 며칠은 걸릴 것이기 때문에, 설혹 누군가 호리궁이 갈대숲에 숨었다는 사실을 알고 있더라도 감히 찾으려는 시도조차도 하지 못할 터이다. 그 정도로 넓은 갈대숲이었다.

그곳에서 호리를 비롯한 세 사람은 세수를 하고 입었던 옷을 잘 벗어서 개어두고 평소의 옷으로 갈아입었다.

가짜 수염을 떼고 분장을 말끔하게 지운 세 사람의 모습은 한 명만 청년이고, 둘은 약관의 나이도 안 된 소년들이었다.

감상택이 아니라 염라대왕이라고 해도 호 대인과 그 일당이 이들 세 명일 줄은 짐작조차 못할 것이 분명했다. 그 정도로 호 대인 때와 지금의 모습은 완전히 딴판이었다.

뽀얀 살결에 유난히 반짝이는 맑은 눈을 지닌 십팔 세 소년의 모습으로 되돌아온 호리는 움집 안 이불을 쌓아놓은 곳에 벌렁 누웠다.

"호리야, 이번에 벌어들인 수입은 다른 때하고는 비교도 안 될 정도로 많아. 꽤 굵직하다구."

야윈 체구에 갸름한 얼굴, 창백한 안색을 지닌 은초가 가느다란 눈을 크게 떠 보이면서 사뭇 진지한 어조로 호리에게 운을 뗐다.

은초는 호리가 호 대인으로 변장했을 때 옆에서 시중을 들던 하인 역할을 했었다.

그러나 호리는 관심이 없다는 듯 아예 눈을 감아버렸다.

'은빛담비'라는 별명에 어울리는 용모인 은초는 입술을 잘근 깨물고 나서 엉덩이를 끌며 호리에게 바짝 다가앉았다.

"무려 은자 천오백 냥어치 생아편이야. 이 많은 것을 이번에도 구 할씩이나 염복(閻蝮) 놈 아가리에 고스란히 갖다 바치자는 거냐?"

호리는 잠이 들었는지 꼼짝도 하지 않았다.

하지만 앞에 바짝 앉아 있는 은초나 맞은편의 다 낡은 작은 함롱(函籠:옷장)에 눕듯이 기대앉은 거구의 청년 철웅(鐵熊)은 호리가 자고 있지 않다는 것을 알고 있었다.

"호리야, 이 참에 아예 우리끼리 독립해 버리자, 응? 생아편을 판 돈 은자 천오백 냥에다가 그동안 우리 셋이 모아둔 돈을 다 합치면 꽤 될 거야. 그거 갖고 이곳 항주를 아예 떠버리자구! 남쪽도 좋고, 북쪽도 좋아! 어디든 번화한 대처에 가서 도박장이나 기루 같은 것 하나 번듯하게 개업해서 우리도 사람답게 한번 살아보자!"

은초는 정말 열성적으로 호리를 설득했다.

그는 늘 이런 식이었다. 일은 자신들이 뼛골 빠지게 하고, 위험 역시 자신들이 죄다 감수하는데, 염복이란 놈은 손가락 하나 까딱하지 않고 있다가 수입의 구 할씩이나 받아 처먹으니, 부처님 아니라 부처님 할아비라고 해도 배알이 뒤틀릴 일이었다.

"호리야! 뭐라고 말 좀 해봐라!"

은초는 답답한지 호리를 건드려 보려고 팔을 뻗으려다가 급히 움츠렸다.

호리가 자신의 몸에 손을 대는 것을 무척 싫어한다는 사실을 떠올린 것이다.

"은초야, 염복이 누구냐?"

그때 호리가 눈을 감은 채 졸린 듯 나른한 목소리로 입을 열었다.

졸린 목소리인데도 불구하고 일부러 나이 들어 보이게 변성(變聲)을 하지 않은, 적당하게 저음이 섞인 몹시 맑고 청아한 음색이었다.

"누구긴 누구야. 항주의 숱한 건달패 중에 하나인 복사파(蝮蛇派) 두령이지. 우리 피를 빨아먹는 흡혈귀이기도 하고."

"염복은 구사문(九蛇門)의 구사(九蛇) 중에 한 마리야."

"구사문……."

은초는 가느다란 눈을 한껏 크게 떴다. 그는 믿지 못하겠다는 듯 철웅을 쳐다보았다.

아까 감상택에게 사기를 칠 때, 운하에 배를 대기시켜 놓고 호리와 은초를 기다렸던 텁석부리 장한이 바로 철웅이었다.

철웅은 묵묵히 고개를 끄덕였다.

구사문은 하오문(下午門)이다. 아홉 마리 뱀을 뜻하는 구사가 구사문의 아홉 문주다.

흑사파의 두령인 염복은 그중에서 육문주인 복사(蝮蛇), 즉 살무사다.

무림계에는 속하지 못하지만 무림계 아래 단계를 장악하고 있는 세 부류가 있는데, 녹림(綠林)과 수로채(水路寨), 하오문이 바로 그것들이다.

녹림은 말 그대로 산과 천하의 길(道)을 주 무대로 하여 강도질과 약탈 따위를 일삼는 무리다.

수로채는 강이나 운하를 장악한 채 배를 타고 수적질과 통행료 징수 등으로 세력을 유지한다.

마지막 하오문은 사람들이 많은 곳, 즉 성(城)이나 현(縣)에서 거미줄 같은 정보망과 세력망을 구축하여 백성들의 고혈을 빨아먹고 산다.

녹림이나 수로채가 부호들이나 거상(巨商)들을 상대로 하여 약탈하는 것에 반해서, 하오문은 최하층 백성들을 착취한다는 점이 다르다.

천하 곳곳에는 셀 수도 없을 만큼 많은 하오문들이 산재해 있는데, 그중에서도 구사문은 상급(上級)에 속하는 규모와 세력을 자랑하고 있다.

은초는 구사문이 낙양에 있다는 사실을 잘 알고 있다. 그런데 호리의 말을 듣고 보니까 육문주인 염복이 낙양에서 수천 리나 떨어진 이곳 항주에서 복사파 두령 노릇을 하고 있는 이유를 알 수 있을 것 같았다.

항주의 복사파는 구사문의 항주지부 같은 역할을 하고 있는 것이었다.

"제기랄!"

은초는 맥이 탁 풀렸다.

염복의 정체를 안 이상 생아편 천오백 냥어치를 들고 튀어서 그동안 모아둔 돈과 합쳐 도박장이나 기루 같은 것을 개업하겠다는 계획은 말짱 황이었다.

염복이 그저 항주 건달패의 두령이라면 모르거니와, 구사문의 육문주라면 호리 일행이 천하 어디로 튀든 그들을 찾아내는 일은 손바닥을 뒤집는 것보다 쉬울 터.

그러니 튀어본들 부처님 손바닥의 손오공 신세인 것이다.

은초는 이 년여 전에 항주로 흘러 들어와 우연한 기회에 호리, 철웅과 친구가 됐다.

그러나 호리와 철웅은 그전부터 친구였다. 두 사람이 언제부터 밑바닥 생활을 했는지 은초는 모른다.

물어본 적도 없고 궁금하지도 않았으며, 그들도 굳이 설명하려고 들지 않았다.

"드르렁!"

철웅이 기세 좋게 코 고는 소리가 움집 안을 울렸다.

"제기랄!"

은초는 투덜거리면서 그 자리에 벌렁 누웠다. 염복에게의 상납은 언제나 밤에 이루어지니 그때까지 잠이나 자둘 생각이었다.

사사사— 사삭—

움집 밖에서 갈대들이 서로 몸을 부비면서 낮은 신음을 흘려대고 있었다.

"이게 전부냐?"

염복의 목소리는 녹슨 쇠와 쇠끼리 문지를 때 나는 소리 같아서 듣고 있으면 자신도 모르게 몸이 근지럽고 눈살이 찌푸려졌다.

은자 천오백 냥어치의 생아편이면 복사파가 한 달 동안 벌어들이는 전체 수입의 절반 이상을 차지한다.

그런데도 염복의 얼굴에는 추호의 만족한 표정, 아니, 미소조차 떠올라 있지 않았다.

누가 지었는지 염라지옥에서 온 살무사라는 뜻의 그의 별명 '염복'은 정말 기가 막히게 잘 지었다.

길쭉한 말상의 얼굴에 여기저기 점이 박힌 까무잡잡한 피부, 움푹 꺼진 눈은 마치 두 개의 검은 늪 같아서 무슨 생각을 하고 있는지 알 수가 없었다.

얄팍하면서도 푸르스름한 입술 끝에는 그의 표식인 양 늘 비정한 엷은 미소가 매달려 있었다.

"그렇소."

염복이 앉아 있는 푹신한 호피의 앞 세 걸음 정도의 거리에
우뚝 서 있는 호리는 염복 바로 앞 작은 탁자 위에 뚜껑이 열
린 채 놓여 있는 목함을 무표정하게 응시하면서 가볍게 고개
를 끄덕였다.

목함 안에는 호리가 감상택으로부터 사기를 쳐서 가져온
상품의 생아편이 가득 담겨 있었다.

"은자 천오백 냥어치 정도는 되겠군."

염복은 목함 속의 생아편을 대충 보고서도 그 가격을 정확
하게 짚었다.

호리 뒤에 나란히 서 있는 은초와 철웅은 호리의 등에 시선
을 고정시킨 채 될 수 있으면 아무 곳도 보지 않으려고 무진
애를 쓰고 있었다.

지금 그들이 있는 이곳은 하나의 밀폐된 공간으로 사방 벽
에 걸려 있는 대여섯 개의 유등만이 실내를 을씨년스럽게 밝
혀주고 있었다.

염복의 뒤쪽 좌우에는 커다란 덩치 두 명이 팔짱을 낀 채
호위처럼 서 있었다.

그리고 실내의 양쪽에도 벽을 등지고 다섯 명씩의 장한들
이 역시 팔짱을 낀 자세로 서 있었다.

그들은 하나같이 팔짱을 낀 가슴에 낫이나 기형도, 도리깨,
도끼 따위의 무기를 품고 있는데, 흔들리는 흐릿한 유등 불빛

아래 그들의 무표정한 얼굴과 번뜩이는 무기가 묘한 조화를
이루어서 섬뜩하면서도 이곳 특유의 묘한 분위기를 만들어내
고 있었다.

은초와 철웅이 애써 보지 않으려고 하는 것은 그들 열두 명
이었다.

아니, 염복까지 포함해서 열세 명이었다. 이들 열세 명이
복사파, 즉 구사문 항주지부의 전부였다.

그러나 염복은 이들만으로도 항주성 내에서 다섯 손가락
안에 꼽히는 강력한 조직을 이끌어 나가고 있었다. 물론 하오
문 아래 단계의 건달패의 세계를 말하는 것이다.

문득 염복의 밤안개 같은 눈빛이 호리의 얼굴에 꽂혔다.

"죽고 싶으냐?"

무림계의 진짜 고수가 되는 것을 꿈으로 간직하고 있는 염
복은 표정이나 자세, 분위기만큼은 이미 여느 무림 고수보다
뛰어난 경지에 이르러 있었다.

"죽어야 할 이유가 있다면."

호리는 염복 앞에서도 주눅이 들지 않고 할 말이 있으면 서
슴지 않는 몇 안 되는 사람 중에 하나였다.

호리에게는 여러 가지 재주가 있지만, 배포만큼은 항주성
의 어느 누구도 그를 능가하지 못할 터이다.

"뒤져서 나오는 것이 있으면 죽는다."

염복은 악귀처럼 번들거리는 눈빛으로 호리의 가슴을 주시했다. 마치 그 속에 무엇이 들었는지 훤히 알고 있는 듯한 눈빛이었다.

아니, 그는 이미 아편상 감상택이 호리에게 사기를 당했다는 사실과 그가 무엇을 뺏겼는지에 대한 정보를 입수한 것이 분명했다.

호리는 태연하게 손으로 제 가슴을 툭 쳤다.

"이건 내 개인적인 부수입이오."

염복은 이십오 세로 호리보다 일곱 살이나 많다. 그런데도 호리는 꼬박꼬박 '하오' 식의 말투를 쓰고, 또 행동 자체도 그리 공손하지가 않았다.

사람들은 호리가 어느 누구에게도 예의를 갖추거나 공손한 말투를 사용하는 것을 본 적이 없다.

염복은 그런 호리를 자신 앞에서만큼은 공손하게 만들려고 지금껏 갖가지 잔인한 방법을 시도했었지만 끝내 성공하지 못하고 결국은 포기하고 밀았다.

"부수입이란 없다. 내놓고 꺼져라."

염복은 수많은 일꾼들을 거느리고 있다.

그중에는 구도(狗盜:좀도둑)와 배수(扒手:소매치기)가 가장 많고, 나머지들은 구걸을 하는 각다귀나 뇌자(賴子:무뢰한). 협잡꾼들이다.

한마디로 호리처럼 치밀한 계획하에 고급스럽게 사기를
치는 상수(上手)는 없다.

그러므로 염복에게 있어서 호리는 보물 같은 존재다. 하지
만 그는 호리를 추호도 보물처럼 대접하지 않았고, 호리 또한
그런 것을 바라지 않았다.

"부수입은 내 것이오."

호리는 딱 부러지게 선언했다.

그러자 은초와 철웅은 움찔 놀라며 몸을 후르륵 떨었다.

"이 새끼."

염복은 흰 이를 드러내면서 미간을 좁힌 채 호리를 쏘아보
았다. 당장이라도 손을 쓸 기세였다.

그러나 호리는 해볼 테면 해보라는 식으로, 끄떡도 하지 않
은 채 염복을 마주 쳐다보았다. 하지만 그의 눈빛은 염복과
달리 담담했다.

잠시 동안 침묵이 흘렀다. 은초와 철웅은 오금이 저리는지
다리를 바들바들 떨고 있었다.

이윽고 염복은 귀찮다는 듯 가볍게 손을 저었다.

"당장 꺼져라."

호리는 자신이 벌어들인 수입의 구 할을 늘 염복이 가져가
도 군소리가 없었다.

또한 염복이 제아무리 궂은일을 시키든, 무엇을 요구하든

묵묵히 따랐다.

그러나 아주 가끔 호리가 자신의 주장을 굽히지 않을 때가 있는데, 그럴 때면 염복이 아니라 염마왕이라고 해도 그를 꺾지 못한다.

그를 죽이기 전에는.

그리고 염복은 아직 호리를 죽일 생각이 없었다.

다음날.

염복에게서 이번 수입의 일 할인 은자 백오십 냥을 받은 것에, 호리가 부수입으로 얻은 흑작편을 판 돈 은자 백 냥을 합쳐서 도합 이백오십 냥이 됐다.

예의 서호 북안의 우거진 갈대숲에 작은 배, 즉 호리네 세 사람이 즐겨 부르는 '호리궁(狐狸宮)'이 감쪽같이 숨어 있고, 그 안에서 돈이 분배되고 있었다.

움집 안 바닥에 깔린 겸가자(蒹葭藉:갈대줄기로 만든 깔개)에 세 무더기의 은자가 세 빙항에 놓여 있었다.

"호리야, 이건 너무 많아."

철웅이 자기 앞의 은자 무더기에서 세어보지도 않고 삼 분의 이가량을 뚝 떼어 호리 앞으로 밀었다.

"더구나 나는 별로 한 일도 없어. 배에서 널 기다리다가 태우고 도망친 것뿐인데 이백오십 냥을 팔십세 냥씩 똑같이 나누다니… 나는 다 못 받겠다.”

굳이 따지자면 철웅의 말이 맞았다. 언제나 일은 호리 혼자서 거의 도맡다시피 하면서도 수입 배분은 똑같았다.

은초는 고개를 숙인 채 자신 아람치의 은자를 물끄러미 굽어볼 뿐 아무 말도 하지 않았다.

“사실 내가 한 일로 치면 이것도 많아. 나는 그저 닷 냥 정도면 충분해.”

철웅은 조금밖에 남지 않은 은자에서 다시 다섯 냥만 남기고 나머지 전부를 호리 앞에 밀어놓았다.

호리는 가타부타 말없이 자신의 아람치를 까만 가죽 주머니에 쓸어 담고는 일어섰다.

“호리야.”

철웅이 어눌한 얼굴로 쳐다보면서 부르자 호리는 움집 밖으로 나가며 중얼거렸다.

“나하고 일 그만 하고 싶으면 놔두고 가라.”

“…….”

철웅은 움찔 거구를 떨며 씁쓸한 표정을 지었다.

“알았어.”

문득 철웅은 일전에 호리가 했던 말을 기억해 냈다.

“우리 셋의 일 중에서 어느 것 하나 중요하지 않은 것은 없다.

누구 하나라도 실수하면 끝장이야. 내가 바퀴의 굴대라면 너희 둘은 바퀴살과 바퀴테다. 그 셋 중에 하나라도 없으면 바퀴가 굴러가겠는가?"

움집 밖 고물 쪽에서 호리의 목소리가 들려왔다.
"은자 한 냥 남았으니까 그걸로 목이나 축이자."
철웅은 자신의 아람치를 색 바랜 주머니에 주섬주섬 담다가 은초가 두 손으로 덮고 있는 그의 은자 더미를 보았다.
이백오십 냥을 팔십하고도 석 냥씩 셋으로 나누면 한 냥이 남는다.
이들 세 명은 홀수기 때문에 언제나 배분을 하고 나면 부스러기가 남을 수밖에 없었다.
그래서 하나의 건수를 끝내고 나면 남는 돈으로 술과 요리를 사서 이들만의 조촐한 자축연을 연다.
그런데 지금 그 부스러기 은자 한 냥이 보이지 않았다. 철웅은 방금 전까지도 그것이 바닥에 놓여 있는 것을 봤었다.
그는 자신이 호리를 쳐다보는 사이에 은초가 슬쩍 가져갔을 것이라고 생각했다.
이번만이 아니라 은초는 번번이 부스러기 돈을 슬며시 집어가곤 했었다.
철웅이 은초를 묵묵히 쳐다보며 무언의 암시를 주는데도

은초는 자신의 은자 더미를 두 손으로 굳게 덮은 채 꿈쩍도 하지 않았다.

이윽고 철웅은 은초에게서 시선을 거두고 묵묵히 제 몫에서 은자 한 냥을 꺼내놓았다.

오늘은 취하고 싶어서 실컷 마셨는데에도 호리는 정신이 거의 말짱했다.

한 병에 너 푼짜리 싸구려 독한 술 황주(黃酒)에다가 압란구(鴨卵炙:오리구이) 세 마리를 안주로 하여 셋이 다섯 병이나 마셨다.

아니, 은초는 한두 잔만 마셔도 뻗어버리니까 호리와 철웅 둘이 다섯 병을 다 마신 것이나 다름이 없었다.

원래 근심이 깊다 보면 술이 잘 취하지 않는 것인지, 술을 덜 마셨기 때문에 해묵은 근심이 덜어지지 않는 것인지 모를 일이었다.

호리는 배의 움집 뒤쪽 널찍한 바닥에 네 활개를 펴고 대자로 누워 밤하늘을 올려다보고 있었다.

항주성 내 허름한 주루에서 술과 압란구를 사와서 운하 귀퉁이에 고정시킨 배 위에서 질탕하게 먹고 마신 후 철웅과 은초는 각기 자신들의 집으로 돌아갔다.

호리는 철웅의 집과 가족에 대해서는 잘 알고 있지만, 은초가 어디에서 누구와 사는지는 알지 못했다. 그러나 굳이 알고 싶은 생각도 없었다.

가을의 밤하늘에는 마치 은모래를 뿌려놓은 것처럼 별들이 새하얗게 빛나고 있었다.

"사부님……."

쓸쓸한 얼굴로 밤하늘을 바라보는 그의 입술 사이로 중얼거림이 흘러나왔다.

그의 깊은 근심의 근원은 그리움이었다.

사부의 곁을 떠나온 지 어언 삼 년여.

사부와 사부의 딸, 즉 사매에 대한 깊은 그리움이 지난 삼 년 동안 쌓여 근심이 되었으며, 근래에 들어서는 아예 병이 돼버린 듯했다.

호리의 작은 배는 노를 젓지 않아도 느릿하게 흐르는 운하의 물결을 따라 천천히 흘러갔다.

항주 서북쪽 오십여 리 일대에 병풍처럼 늘어선 영롱산(玲瓏山)과 동천복산(東天目山), 마간산(莫干山)에서 발원한 세 개의 강이 모두 항주성을 관통하여 성 밖 동남쪽에서 흐르는 전당강(錢塘江)과 합류하여 삼십여 리를 더 흐르다가 바다로 흘러든다.

사람들은 항주성을 세로로 나란히 관통하는 세 개의 강에 자로 잰 듯한 무수한 가로의 직선 운하를 파서 서로를 거미줄처럼 연결시켰다.

그래서 강과 운하와 호수를 이용하여 항주성 어디든 가지 못하는 곳이 없었다.

그러나 빠르든 느리든 항주성의 모든 물살은 서북에서 동남으로 흘렀다.

호리가 이대로 잠이라도 들어버린다면, 아마도 내일 아침쯤에는 전당강이나 서호에 당도해 있을 것이다.

퉁!

그때 배의 이물 쪽에 무언가 가볍게 부딪치는 소리가 들렸고, 배가 가볍게 흔들렸다.

호리는 쓰레기 뭉치가 아니면 죽은 개나 고양이의 시체 같은 것이겠지 여기고는 움직이지 않았다. 지금의 이 호젓한 기분을 방해받고 싶지 않았다.

약간의 시간이 흘렀다.

뚜둑… 뚝!

호리가 누워 있는 머리 쪽. 그러니까 배의 오른쪽 옆면에서 무언가 나무 같은 것이 부러지거나 뜯겨 나가는 음향이 갑자기 들려왔다.

배가 뜯기고 있는 것이라면 더 이상 방관할 수가 없었다.

호리는 무릎걸음으로 기어가 두 손으로 난간을 잡고 배 바깥쪽을 굽어보다가 움찔 놀랐다.

그는 원래 겁이 없는 편이지만, 지금은 꽤 놀라서 하마터면 난간을 놓고 엉덩방아를 찧을 뻔했다.

물에 흠뻑 젖은 여자 하나가 수면 위로 머리만 내놓은 상태에서 배 옆 부분의 약간 뜯겨진 나무를 두 손으로 움켜잡은 채 호리를 빤히 올려다보고 있었으니, 호리가 입에 거품을 물고 혼절하지 않은 것이 이상할 정도였다.

게다가 여자의 물에 젖은 얼굴은 밀가루를 발라놓은 것보다 더 희었다.

더구나 물에 젖은 긴 머리카락이 얼굴을 휘감고 있어서 영락없는 물귀신의 모습이었다.

강심장인 호리지만, 여자를 발견한 순간 그 자리에 얼어붙고 말았다.

그리고 지금 자신이 뭘 어떻게 해야 할지 순간적으로 판단이 서질 않았다.

두둑!

그녀가 움켜잡고 있는 폭 반 뼘가량의 나무가 조금 더 뜯겨 나가고 있었다. 아까 그 소리는 바로 나무가 뜯겨 나가는 소리였던 것이다.

원래는 나무가 배의 옆면에서 약간만 들떠 있었을 텐데, 여자가 잡고 매달리는 바람에 지금은 반 자 정도 뜯겨진 상태가 되고 말았다.

그런데 여자는 결사적으로 나뭇조각에 매달려서 호리를
바라보고 있는 상태이면서도 구해달라거나 도와달라는 말을
일체 하지 않았다.

또한 그녀의 얼굴에는 간절함이나 절박함 같은 표정이 조
금도 떠올라 있지 않았다.

호리가 여자의 얼굴에서 느낄 수 있는 것은 그저 무심함과
차가움뿐이었다.

두두둑!

그때 나무가 조금 더 뜯겨 나갔다.

여자가 붙잡고 있는 부분에서 한 자가량 뜯겨진 상태라서
그녀의 얼굴이 눈만 남기고 물에 잠겼으며, 나무는 곧 부러질
것처럼 잔뜩 휘었다.

그런데도 여자는 여전히 호리에게 도움을 원하는 그 어떤
말이나 행동도 취하지 않았다.

물론 그런 행동을 취했다고 해도 호리의 마음을 움직이지
는 못했겠지만.

뚜두둑!

이제는 나무가 빠르게 뜯겨져 나가고 있었다. 그리고 여자
의 모습은 완전히 물속으로 사라져 버렸다.

호리는 난간을 놓고 일어서며 빙글 몸을 돌렸다. 자신하고
는 하등의 상관이 없는 일이었다.

여태껏 그래 왔던 것처럼 저 여자가 죽는 것은 그녀의 운명이고, 나는 내 길을 가면 그만인 것이다.

딱!

"제길!"

나무가 기어코 부러지는 소리는 내는 것과 호리가 한마디 씹어뱉으면서 재빨리 몸을 돌려 상체를 한껏 굽혀 물속으로 가라앉고 있는 여자의 머리채를 움켜잡은 것은 거의 동시에 벌어진 일이었다.

여자는 물에 흠뻑 젖은 상태인데도 생각했던 것보다는 훨씬 가벼웠다.

그런데 그녀를 건져 올려 바닥에 눕힌 후 호리는 처음에 그녀를 발견했을 때보다 더 놀라고 말았다.

왼쪽 가슴에서 피가 흘러나오고 있었다. 아니, 아예 샘물처럼 뭉클뭉클 솟아나고 있었다.

그러나 그것뿐이었다면 호리를 그토록 놀라게 만들지는 못했을 것이다.

그녀의 얼굴만 빼고 온몸이 마치 벌집 같았다.

무언지 종류를 알 수 없는 암기 같은 것이 이십여 개나 그녀의 온몸에 빼곡하게 꽂혀 있었다.

그것들은 새끼손가락 절반 굵기의 둥글고 새빨간 핏빛의 대가리를 지니고 있는데, 몸 밖에 남아 있는 것은 손가락 한

마디 길이였다.

그것들이 몸속에 얼마나 깊이 박혀 있는지는 뽑아보기 전에는 모를 일이었다.

호리는 놀랍고도 억눌린 표정으로 소녀를 쳐다보았다.

소녀는 십칠팔 세 정도의 나이였으며, 흡사 깨끗한 얼음을 정성껏 깎아서 조각한 것처럼 차갑고 흰 아름다운 미모의 소유자였다.

하지만 지금 같은 상황에서 그녀의 미모 같은 것이 호리의 눈에 들어올 리 만무했다.

아니, 평소였다고 해도 그는 눈 하나 까딱하지 않았을 것이다. 원래 여자라고는 사매밖에 모르는 그였으므로.

그때 문득 호리의 시선이 똑바로 누운 자세인 소녀의 뒷머리로 향했다.

뒷머리를 바닥에 대고 있어서 보이지는 않았지만, 바닥에 핏물이 흥건하게 고여 있는 것으로 미루어 뒷머리를 심하게 다친 것 같았다.

그런 상황인데도 여자의 얼굴에는 일말의 고통스러운 표정도 떠올라 있지 않았다.

그저 두 눈을 빤히 뜬 채 밤하늘을 똑바로 주시하고 있을 뿐이었다.

마치 고통이라는 것 자체를 전혀 느끼지 못하는 사람처럼 보였다.

호리는 그녀가 당한 상처보다도 그녀의 그런 무심한 모습에 더 신경이 쓰였다.

'무림인인가?'

그러나 그녀는 무기를 지니고 있지 않았다. 또한 무림인으로 여길 만한 어떠한 것도 그녀에게서 발견할 수가 없었다.

잠시 호기심을 품었던 호리는 곧 눈살을 찌푸렸다. 괜히 건져 냈다 싶은 후회가 밀려들었다.

원래 그는 남의 일에 일체 간섭하지 않고, 남도 자신에게 간섭하는 것을 극도로 싫어한다.

그래서 삼 년여 동안 동고동락해 온 철웅조차도 호리에 대해서는 거의 모르고 있을 정도였다.

하지만 일의 전말이야 어찌 됐든, 일단 간섭한 일에 대해서는 끝까지 책임을 진다는 것 또한 호리가 갖고 있는 여러 철칙 중에 하나였다.

그는 일어서서 소녀를 물끄러미 굽어보며 이제 어떻게 해야 할지 생각에 잠겼다.

골치 아픈 일이었다. 하지만 건져 올린 사람을 다시 물속에 집어 던질 수는 없는 노릇이었다.

이윽고 생각을 끝낸 호리는 소녀를 번쩍 안고 움집 안으로 옮겨서 눕힌 후 이불을 덮어주고는 밖으로 나와 부지런히 노를 젓기 시작했다.

자신의 은거지인 서호 북안의 갈대숲으로 가서 여자를 치료해 주려는 것이었다.

삐걱! 삐걱!

규칙적으로 노를 젓고 있는 그의 눈길이 여자가 누웠던 바닥에 홍건하게 고여 있는 핏물로 향했다.

지금 상태로 봐서 여자는 갈대숲에 도착하기도 전에 죽을 확률이 컸다.

호리는 여자를 의원으로 데려갈 생각 같은 것은 애초부터 하지도 않았다.

이유는 간단했다. 돈이 들기 때문이다.

그의 꿈은 오직 하나다. 하루빨리 목표로 정한 돈을 모아 사부와 사매가 있는 곳으로 돌아가는 것이었다.

사부가 계신 곳은 이곳에서 이천여 리 이상 떨어진 산동의 동쪽 바닷가 마을 봉래현이라는 곳이다.

의원에 데려가지 않았기 때문에 소녀가 죽어버린다면 어쩔 수 없는 일이다.

호리는 자신이 지금도 소녀에게 필요 이상의 호의를 베푸는 중이라 생각하고 있었다.

호리가 사라지고 나서 약 일 다경쯤 흘렀을 때, 그의 배 호리궁이 있던 폭 오 장 정도의 운하 양쪽 거리에 다섯 명씩 열 개의 검은 그림자들이 나타났다.

그들은 흑의야행복을 입고 어깨에는 검을 메고 있었는데, 운하와 운하 양쪽 거리 주변을 민첩한 동작으로 샅샅이 살피기 시작했다.

아마도 호리가 구한 소녀의 흔적을 찾고 있는 것 같았다.

그러나 물에서 건져 내어 배에 싣고 사라진 그녀에게 추호의 흔적이라도 남아 있을 리 만무했다.

그때 지휘자인 듯한 인물이 흑의야행인들에게 나직한 어조로 빠르게 명령했다.

"그녀는 엄중한 중상을 입었으니 결코 멀리 가지 못했을 것이다. 만약 그녀가 살아서 자신의 방파로 돌아가면 계획은 수포로 돌아가고, 그로 인해서 천하 무림에는 아무도 막지 못할 피바람이 몰아칠 것이다. 반드시 찾아내라."

第三章
호리궁(狐狸宮)

소녀는 죽지 않았지만, 그렇다고 철인(鐵人)도 아니었다.

호리가 서호 북안에 도착하여 배를 갈대숲 깊숙이 감춘 후에 움집 안으로 들어갔을 때 소녀는 깊은 혼절에 빠져 있었다.

대충 살펴본 호리는 그녀가 매우 위중한 상태라고 판단했다.

그는 의술에 약간의 재주를 지니고 있었다. 다섯 살 어린 나이에 거리를 떠돌던 그를 거두어 친아들처럼 길러준 아버

지나 다름이 없는 사부는, 의원은 아니었지만 약초에 대해서 해박한 지식을 갖고 있었다.

그래서 호리는 사부 밑에서 십오 세까지 십 년 동안 무술과 함께 어깨너머로 약초법을 배웠다.

정식으로 배우지는 않았으나, 워낙 총명한 그여서 사부를 떠나 항주에 자리를 잡은 후로는 자신과 친구들의 웬만한 상처와 병 정도는 거뜬히 치료를 할 정도였다.

옛말에도 풍부한 경험이 지식을 능가한다고 했다. 실제로 지난 삼 년여 동안 숱한 상처를 치료한 호리는 원래 지니고 있던 어줍지 않은 약초 지식에 풍부한 치료 경험이 점차 쌓이면서 승당입실(昇堂入室)하여 지금은 웬만한 의원 정도의 수준이 되어 있었다.

호리는 소녀의 맥을 짚어보고, 또 가슴에 귀를 대보았다. 맥과 호흡이 미약했지만 아직 죽지는 않았다.

하지만 빨리 손을 쓰지 않으면 오래지 않아서 시체를 치우게 될 것 같았다.

호리는 소녀 옆에 앉아서 눈살을 찌푸린 채 잠시 그녀를 굽어보았다.

이제 치료를 시작하면 잠은 다 잤다. 어차피 오늘 밤은 어설프게 술이 취해서 잠이 올 것 같지도 않았었다.

"운이 좋은 계집애로군."

이윽고 호리는 중얼거리면서 일어나 좁은 움집의 천장에 유등을 매단 후 충분한 시간을 두고 소녀의 상태를 자세히 살펴보았다.

왼쪽 가슴의 상처가 가장 깊고 심했다. 그렇다고 다른 상처들이 가볍다는 뜻은 아니었다.

그녀의 몸에 꽂혀 있는 이십여 개의 암기들 하나하나가 모두 치명적이었다.

치료를 하자면, 아니, 소녀의 목숨을 구하려면 옷을 벗길 수밖에 없는 상황이었다.

호리는 그게 좀 께름칙했지만 치료하기로 마음먹은 이상 머뭇거리는 것은 그다운 행동이 아니었다.

그는 즉시 소녀의 옷을 벗기기 시작했다.

그러나 이십여 개의 암기가 소녀의 앞쪽 거의 전신에 빼곡이 박혀 있어서 옷이 제대로 벗겨지지 않았다. 결국 호리는 그녀의 옷을 다 찢어낼 수밖에 없었다.

흐릿한 불빛 아래 소녀의 나신이 송두리째 드러났다.

소녀의 나신은 천장에 매달린 유등의 불빛보다 더 눈부시게 빛나고 있었다.

너무 희고 투명해서 스스로 빛을 뿜어내는 발광체 같았다.

더구나 아기 손바닥만 한 조그만 천에 가려져 있는 터질 듯 풍만한 젖가슴과 팽팽한 둔부를 제외하곤 팔다리와 몸이 너무 가늘고 늘씬해서 이게 도대체 사람일까 하는 의구심마저 들 정도였다.

여자에 대해서는 철저하게 무관심한 호리마저도 이 소녀의 아름다운 나신에는 자신도 모르는 사이에 잠시 넋을 잃고 말았다.

그렇지만 그녀의 온몸에 박혀 있는 암기의 새빨간 대가리는 뽀얀 살결과 묘한 부조화를 이루고 있었다.

마치 백옥으로 정성껏 다듬은 사람 크기의 미녀 조각상에 함부로 새빨간 못질을 해놓은 것 같았다.

문득 호리는 무릎이 축축한 것을 느꼈다. 소녀의 가슴과 뒷머리의 상처에서 흐른 피가 자신의 무릎을 적시고 있다는 사실을 깨닫고는 퍼뜩 정신을 차렸다.

왼쪽 가슴의 상처는 젖가슴 바로 위, 그러니까 심장을 아슬아슬하게 비껴난 부위였다.

호리는 도검을 사용해 본 적은 없지만 그 상처가 검에 찔렸다는 것을 한눈에 알 수 있었다.

도는 끝이 뭉툭해서 베기에 용이하므로 이런 식의 좁고 깊은 상처를 만들어내지 못한다.

처음에 소녀를 뱃전에 끌어 올렸을 때만큼은 아니지만, 가슴의 상처에서는 여전히 꾸물꾸물 피가 흘러나왔다.

한시바삐 가슴과 뒷머리의 상처를 지혈하지 않으면 과다

출혈로 죽고 말 것이다.

가슴의 상처를 닦아내려는데 자꾸 젖가리개가 거치적거려서 아예 잡아당겨 떼어내 버렸다.

그러자 탱탱한 연두부에 약간의 충격을 주었을 때처럼, 두 개의 젖가슴이 이리저리 출렁였다.

젖가리개를 하고 있을 때보다는 조금 나았지만 젖가슴이 너무 풍만해서 여전히 거치적거렸다.

호리는 될 수 있는 대로 자신의 팔뚝이 젖가슴, 특히 유두에 닿지 않도록 신경을 쓰면서 물에 적신 헝겊으로 상처 부위를 깨끗이 닦아냈다.

그는 팔을 둥둥 걷어붙였기 때문에 팔뚝의 맨살에 오뚝한 유두가 살짝살짝 스치면서 닿는 것이 여간 신경 쓰이는 것이 아니었다.

호리가 자신의 약상자를 열자 이십여 개의 작은 상자들이 가지런히 담겨 있었다.

그중에서 고련근(苦楝根), 모근(茅根)이라고 적힌 두 개의 상자를 열어 손바닥에 두 가지 분말을 고루 섞은 후 상처에 능숙하게 발라주었다.

호리는 돈을 벌 수 있는 일이라면 그것이 어떤 일이든지 조금도 개의치 않는 편이라서 위험한 일을 하다가 다치는 경우가 허다했다.

이 약재들은 그때마다 사용하고 또 보충한 것들인데, 외상약이 대부분이었다.

평소에 호리와 은초, 철웅이 입는 상처는 대부분 두들겨 맞아서 부러지거나 멍이 들고, 또는 날카로운 무기에 찔리거나 베어 피를 흘리는 상처가 주종을 이루어서, 여러 번의 시행착오 끝에 지혈제에는 고련근과 모근을 말린 분말이 가장 잘 든다는 사실을 경험으로 깨우쳤다.

약 바르기가 끝나자 상처 주변의 고방(庫房), 옥예(屋翳), 신장혈(神藏穴)을 각각 두 번씩 호흡을 할 동안 지그시 눌러 지혈을 도왔다.

약초법과 마찬가지로 지혈을 위한 점혈 수법 역시 반은 사부의 어깨너머로, 반은 경험으로 터득한 호리였다.

그것으로 왼쪽 가슴의 치료가 끝났다. 다음은 뒷머리 차례다.

호리는 소녀의 몸 앞쪽에 박혀 있는 이십여 개의 암기들에 신경을 쓰면서 조심스럽게 소녀를 뒤집어서 엎드리게 해놓고는 가볍게 눈살을 찌푸렸다.

앞모습하고는 또 다른 형태로 드러난 뒷모습 때문이었다.

앞모습은 대체적으로 굴곡이 심했다.

솟아오른 젖가슴과 움푹 들어간 배, 그리고는 더 움푹 꺼진 은밀한 부위 등.

젖가리개야 거치적거려서 호리가 일부러 벗겨냈다고 하더라도 은밀한 부위에는 그나마 손바닥만 한 천 조각이라도 가려져 있었다.

그런데 뒷모습은 아예 완전히 알몸이었다. 앞쪽의 은밀한 부위를 가린 속곳의 가느다란 끈이 엉덩이 사이 계곡에 파묻혀서 아예 보이지 않았기 때문이다.

또한 온통 상처투성이인 앞쪽과는 달리 뒤쪽은 흠집 하나 없이 깨끗한데다 마치 바닥의 깔개가 비칠 것처럼 투명하고 희었다.

"이거야 정말……."

호리는 괜히 혼자 멋쩍게 투덜거리면서 시선을 소녀의 뒷머리로 던졌다.

소녀의 뒷머리는 예상했던 것만큼은 심하게 다치지 않은 것처럼 보였다.

두피가 찢어져 피가 흘러 머리카락과 뒤엉켰기 때문에 심한 상처처럼 보일 뿐이었다.

지금 당장 손을 쓰지 않아도 되겠다고 판단을 내린 호리는 소녀의 앞쪽에 박힌 암기를 뽑기 위해서 그녀의 몸을 다시 뒤집었다.

"지독하게 당했군."

그녀의 앞쪽에 박혀 있는 암기들을 보면서 호리는 새삼스럽게 질린 듯한 표정을 지었다.

암기의 길이가 어느 정도 되는지는 뽑아봐야 알겠지만, 호리의 일천한 경험으로 볼 때 이런 암기는 하나만 제대로 맞아도 목숨을 잃을 것 같았다.

그런데 이 소녀는 이십여 개나 적중당한 데다가 가슴을 검에 찔리고 뒷머리까지 다쳤는데도 아직껏 살아 있었다. 실로 끈질긴 생명력이 아닐 수 없었다.

호리는 자신도 모르게 약간 긴장했다. 그 자신도 지난 삼년여 동안 항주성에서 활동하면서 수십 차례 부상을 당했고, 그중에는 심각했던 적도 있었지만, 지금 이 소녀가 당한 것에 비하면 조족지혈이었다.

그는 암기들을 하나씩 세면서 어느 것부터 뽑아야 할는지 찬찬히 살펴보았다.

암기는 모두 스물한 개였다.

대가리 꼭대기는 원형이었으며, 붉은 매화꽃 한 송이가 정교하게 양각(陽刻)되어 있었다.

호리로서는 한 번도 본 적이 없는 암기였다. 또한 그는 암기에 당한 상처를 치료해 본 적도 없었다.

그래서 위에서부터 하나씩 뽑아나가기로 작정하고 목 한복판에서 반 뼘쯤 아래, 그리고 왼쪽으로 두 치쯤에 있는 암기의 대가리를 잡고 지그시 힘을 주며 천천히 잡아당겼다.

쑤우─

그런데 암기는 예상했던 것보다 훨씬 쉽게 뽑혔다. 그것은 암기가 뼈에 박히거나 근육을 뚫은 것이 아니라는 증거이기도 했다.

특히 뼈에 박혔다면 뽑을 때 애를 먹는 것은 물론이거니와, 자칫 뼈를 다칠 수도 있으며, 그래서 그곳에 염증이 생기면 추후 큰 후유증을 일으킬 수도 있다.

암기의 길이는 두 치 반으로 호리가 예상하고 있던 것보다도 길고 납작했으며, 검신처럼 양쪽에 날이 있는데 예리하게 벼려져 있었다.

그냥 뾰족하기만 한 암기는 몸을 찌르기만 하나, 이런 종류의 암기는 살을 헤집으면서 베고 찌르기 때문에 더 치명적일 것이라는 생각이 들었다.

호리는 암기를 뽑은 자리에 세로로 가느다란 상흔이 남은 것을 보고 가볍게 움찔 놀랐다가 손가락으로 그 부위를 조심스럽게 더듬어보았다.

사혈이 아닌가 싶어서였다.

그러나 상흔은 양가슴의 사혈(死穴)인 천돌혈(天突穴)에서 아래로 반 치가량 벗어난 곳에 있었다.

만약 암기가 반 치만 위에 꽂혔더라도 소녀는 즉사하고 말았을 것이다.

더구나 뽑은 암기로 보아 식도나 호흡기, 그리고 뼈를 다치지도 않았다. 운이 좋았다고밖에는 볼 수가 없었다.

그러나 호리는 그 운이 앞으로 남은 스무 개의 암기 모두에 따라줄 것이라고는 생각하지 않았다.

스무 개의 암기들 중에서 더러는 내장을 뚫었을 것이고, 또 더러는 뼈를, 운이 나쁘면 중요한 혈도를 다치게 했을 수도 있었다.

도합 스물한 개의 암기를 모두 뽑고 난 호리는 힘든 줄도 모른 채 아연실색한 표정을 짓고 있었다.

"어떻게 이럴 수가……."

도무지 믿어지지가 않는 일이었다.

소녀의 온몸에 박혀 있던 스물한 개의 암기들은 두 가지의 공통점을 갖고 있었다.

우선 하나같이 사혈이나 중요 대혈을 반 치에서 한 치가량 아슬아슬하게 비껴서 꽂혔다는 사실이었다.

두 번째는 스물한 개의 암기 중에서 단 하나도 내장이나 장기, 혈관, 힘줄, 뼈를 다치게 하지 않았다는 사실이다.

다시 말해서 스물한 개의 암기는 모두 생명에는 전혀 지장이 없는 살에 꽂힌 것이었다.

암기를 발출한 사람이 일부러 그렇게 하려고 했어도 결코 쉬운 일이 아닐 것이다.

그러나 일부러 그랬을 리가 없다. 그렇다고 우연히 그렇게 됐다거나 기적적으로 그렇게 됐을 것이라는 생각도 설득력이 부족했다.

문득 호리는 소녀의 왼쪽 가슴에 검으로 찔린 상처를 다시 한 번 쳐다보았다.

그 상처 역시 심장에서 반 치가량 아슬아슬하게 위쪽에 찔린 상태다.

깊이로 봐서 반 치 아래에 찔렸다면 심장을 완전히 찢으면서 관통했을 것이다.

스물한 개의 암기도 그렇고, 검에 찔린 상처까지 모조리 급소를 피했다는 사실은 우연이나 기적이라고 치부하기에는 너무 이상하고도 신기했다.

마침내 호리는 생각하기를 포기하고 고개를 가로저었다. 그런 것을 가지고 그렇게까지 고심할 필요가 없었다.

그로서는 큰 선심을 베풀어 치료를 해주었는데도 소녀가 죽는다면 어쩔 수 없는 일이다.

만약 다행히 소생한다면 소녀를 떠나보내면서 잘 가라고 손이라도 흔들어주면 될 일이다. 그러면 끝이다.

호리는 암기를 뽑아낸 스물한 군데의 상처와 뒷머리의 상처를 물에 적신 깨끗한 헝겊으로 일일이 정성껏 닦아낸 후 약을 바르고는 소녀의 몸에 이불을 덮어주고, 그 옆에 털썩 누워서 잠이 들어버렸다.

긴장이 풀리자 갑자기 피로가 몰려들었다.

갈대숲에서 시끄럽게 울어대는 새들 때문에 호리는 잠에서 깨어났다.

"음……."

취하고 싶어서 퍼마신 술이 어젯밤에는 아무렇지도 않더니 아침이 돼서야 지독한 숙취로 위력을 발휘하고 있었다. 머리가 지끈거렸으며 속이 메스꺼웠다.

호수에서 물고기를 몇 마리 잡아 얼큰한 어탕이라도 끓여 먹어야겠다는 생각을 하면서 부스스 일어나 앉던 호리는 그 순간 얼어붙어 버렸다.

"……!"

캄캄한 암흑 속 허공에 떠 있는 두 개의 빛나는 물체를 발견한 것이다.

호리는 그것이 사람의 눈동자이며, 자신을 주시하고 있다는 사실을 즉시 깨달았다.

필경 저 눈동자는 그가 자고 있는 동안에도 계속 주시하고 있었을 것이다.

항주성 내에 호리를 죽이려는 자들은 도처에 깔려 있다. 그에게 사기를 당한 사람들이 직접 발 벗고 나서거나, 아니면 건달들에게 살인 청부를 하는 경우도 더러 있었다.

그래서 호리는 과거에 몇 차례 죽을 고비를 넘긴 일이 있었고, 이후 어떻게 하면 안전하게 숨어서 지낼 수 있을까를 고심한 끝에, 한 군데에 붙박여 있는 집보다는 어디든지 이동이 용이한 배가 좋겠다는 데에 착안하여 지금의 배를 구입하여 집으로 삼았던 것이다.

그 이후에는 한 번도 불의의 습격을 당한 적이 없었다. 배에 있는 한 안전했다.

그런데 어둠 속에서 반짝이고 있는 저 눈동자를 보는 순간 그 안전이 깨졌다는 생각이 들었다.

휘익!

위기를 느낀 호리는 번개같이 몸을 날려 눈동자의 주인을 향해 맹렬히 주먹을 뻗었다.

경험에서 터득한 바에 의하면, 지금은 선공을 할 때였다.

이것저것 재고 자시고 하다가는 순식간에 돌이킬 수 없는 변을 낭하고 만다.

퍽!

호리의 주먹이 정통으로 어둠 속 상대의 가슴에 적중됐다.

순간적이긴 하지만 몸을 날리면서 주먹에 체중을 실었으니, 상대가 누구든 간에 쉽사리 일어나지 못할 것이라는 생각이 들자 호리는 약간 안심이 됐다.

호리는 사부에게서 십여 년 동안 무공을 배웠다. 비록 그다지 유명하지도, 위력적이지도 않은 평범한 권각술(拳脚術)이지만, 십여 년 동안 피땀 흘려 익혔으며, 항주에 와서도 수련을 게을리 하지 않았다.

그가 지난 삼 년여 동안 여러 차례 죽음의 위험에 빠졌을 때마다 그의 목숨을 구해준 것이 바로 사부에게서 배운 권각술 덕분이었다.

그는 자신에게 내공이 있는지 없는지조차 제대로 모르고 있는 상태였다.

사부가 가르쳐 준 심법은 권각술만큼이나 평범한 것이었다.

지난 십삼 년 동안 줄기차게 운공조식을 해왔으며, 또 틈나는 대로 나무나 벽에 대고 주먹을 두들겨 봤지만 내공이 쌓인 것 같지는 않았다.

제아무리 힘을 모아 가격을 해도 벽은커녕 종아리 굵기의 나무조차 부러뜨리지 못했다.

그러나 그 주먹을 사람에게 사용했을 때에는 경우가 다르다.

건달이나 하오문도 따위는 한 대 제대로 적중되기만 하면 갈비뼈가 부러지고 말았었다.

그래서 호리의 진짜 실력을 알고 있는 몇 되지 않는 자들은 그와 부딪치지 않으려고 애를 쓴다.

그런데 방금 주먹이 상대의 가슴팍에 적중된 순간, 호리는 주먹 가득 부드러우면서도 물컹거리는 느낌을 받고 뭔가 잘못됐다는 생각이 들었다.

호리의 주먹에 적중된 자가 뒤로 붕 날아가 움집 뒤쪽 입구를 열어젖히면서 바닥에 나동그라졌다.

그 바람에 눈부신 햇살이 움집 안으로 확 쏟아져 들어왔다.

"이런……."

그 사람을 발견한 호리의 얼굴이 보기 싫게 일그러졌다.

자신이 물속에서 건져 내고, 또 땀을 뻘뻘 흘리면서 치료까지 해주었던 바로 그 소녀였다.

소녀는 쓰러진 상태에서 입에서 검붉은 피를 토하며 일어나려고 애쓰고 있었다. 그러나 몸이 따라주지 않는지 버둥거리기만 했다.

중상을 입은 그녀는 호리가 전력을 실어 뻗어낸 주먹을 적중당하고서도 혼절하지 않았다.

아마 그녀는 일찍 깨어났다가 일어나서 호리를 지켜보고 있었던 모양이다.

죽을 고비를 겨우 넘긴 후 사방이 캄캄한 곳에서 깨어났으니 어지간히 놀랐을 것이고, 또 당황했을 터이다.

그런 그녀의 가슴팍에 냅다 일권을 가격했으니 이런 실수가 어디에 있겠는가.

더구나 그녀는 죽다가 살아난 온전치 못한 몸이었다.

호리가 덮어주었던 이불로 몸을 가린 채 일어나 있던 그녀는 방금 전 주먹에 얻어맞고 뒤로 튕겨지면서 이불을 놓치고 다시 알몸이 되고 말았다.

그때 버둥거리던 소녀의 몸이 축 늘어졌다. 그제야 혼절을 한 것이었다.

깜짝 놀란 호리는 급히 달려가 소녀를 안아 일으켰다.

그의 힘이 넘친 것인지, 소녀가 너무 가벼웠는지, 아니면 놀라서 흥분을 한 탓인지, 부축해서 일으키려고 한 것인데 번쩍 안고 일어서는 꼴이 되고 말았다.

호리는 급히 소녀의 안색을 살폈다. 혼절한 그녀의 입에서 계속 피가 흘러나오고 있었다.

또한 왼쪽 젖가슴 위 검에 찔린 상처와 목 아래와 가슴 부위의 암기를 빼낸 두 군데 상처가 터져서 검붉은 피가 흘러나오고 있었다.

어처구니가 없었다. 아무리 잠결이라지만 자신이 거의 밤을 새다시피 해서 치료했던 소녀가 움집 안에 함께 있다는 사실을 잊고 있었다니……

호리는 소녀를 움집 안으로 옮긴 후 조심스럽게 바닥에 눕히고는 맥을 짚고 심장 박동을 확인해 보았다.

다행히 별 이상은 없는 것 같았다. 소녀는 가녀린 겉모습보다는 강한 체력을 지니고 있는 듯했다.

그는 소녀의 터진 상처를 다시 치료해 주고 나서 물끄러미 굽어보았다.

아니, 그녀를 쳐다보는 것이 아니라 조금 전 자신의 바보 같은 행동 때문에 자책하고 있는 중이었다.

자고 있는 동안에도 긴장의 끈을 늦추지 말아야 하는데, 하물며 잠에서 깬 후에도 흐리멍텅해 있었던 자신의 나태함이 쉽사리 용서가 되지 않았다.

잠시 생각하던 그는 결국 그 원인이 요즘 바쁘다는 핑계로 보름 남짓 권각술 수련과 여타 체력 훈련을 등한시했기 때문이라는 결론을 내렸다.

그래서 오늘부터라도 예전보다 더 혹독하게 수련에 박차를 가하리라 다짐했다.

그의 재산이라고는 오직 몸뚱이 하나밖에 없다. 그 몸이 항상 깨어 있지 못하고, 또 예리한 칼처럼 잘 벼려 있지 않다면, 언제 어디에서 습격을 당해 객사할지 모르는 일이었다.

문득 지그시 어금니를 깨물면서 각오를 다지던 그의 눈에 소녀의 얼굴이 또렷하게 들어왔다.

순간 그는 눈을 약간 크게 떴다. 지난밤에는 경황 중이라서 제대로 못 봤는데, 이제 보니 소녀의 미모가 대단했다.

아니, 대단한 정도가 아니었다. 항주성은 천하에서도 가장 유명한 색향이다.

그 말은 천하의 이름난 미녀들이 항주성에 모여들어 우글거린다는 뜻이고, 그래서 웬만한 얼굴과 몸매로는 미녀 축에도 끼지 못한다는 뜻이다.

하는 일이 남다른 호리는 항주성에서 가보지 않은 곳이 거의 없을 정도였다. 그러니 눈이 번쩍 뜨이는 미인들도 숱하게 봐왔다.

그러나 지금 그가 보고 있는 소녀보다 아름다운 미인은 본 기억이 없었다.

아니, 뭇 사내들이 얼굴만 한 번 보고 죽어도 소원이 없겠다는 항주제일미 성희비(星稀妃)도 이 소녀 앞에서는 고개를 숙여야 할 것 같았다.

게다가 지금도 이토록 아름다운데, 만약 저 감겨 있는 눈이 떠진다면 어떻겠는가.

그런 그녀가 지금 알몸으로 호리 앞에 반듯하게 누워 있었다.

하지만 그것뿐이었다.

우물(尤物)이라고도 할 수 있는 그녀의 미모도 호리의 눈길을 아주 잠깐 붙잡아두는 것에 그쳤다.

천성적으로 여자에게 관심이 없었던 그가 이 소녀를 봤다
고 해서 갑자기 달라질 리는 없었다.

호리는 운 좋게 낚시로 잡은 큼직한 점어(鮎魚:메기) 한 마
리를 통째로 탕을 끓여 늦은 아침을 해결했다.

그는 거의 모든 것을 이 년 전에 마련한 자신의 배에서 해
결하고 있었다.

돈을 아껴주는 것은 물론이고, 이 배에 있을 때만큼은 안전
했다. 그밖에도 여러 가지 이점이 많았다.

은초가 지어준 배 이름 '호리궁' 처럼, 이 배는 호리의 궁전
인 셈이다.

식사를 하면 식당이 되고, 잠을 자면 침실. 일을 계획하는
집무실인가 하면, 항주성 어느 곳이든 신속하게 갈 수 있는
이동 수단이기도 했다.

그는 먹은 그릇을 뒤쪽 갑판으로 가지고 나가 호수의 물을
떠서 깨끗이 설거지를 한 후 움막 안 한쪽 벽에 있는 탁자장(卓
子橫:찬장)에 가지런히 넣었다.

다른 배들의 움집은 두텁게 기름을 입힌 천막으로 씌워진
것이 보통이지만, 호리궁은 얇은 철판을 통째로 반월처럼 휘
어서 씌웠다.

아직 한 번도 공격을 받은 적은 없지만, 만약 공격을 당하

는 일이 벌어진다고 해도 대저 어떤 무기가 반 치 두께의 철판을 뚫을 수 있겠는가.

움집의 앞뒤 입구는 천으로 여닫지만, 잘 때는 역시 철판으로 만든 철문을 안에서 잠그는데, 어제는 너무 피곤해서 그냥 쓰러져 자는 바람에 깜빡 잊고 말았었다.

호리궁의 전체 길이는 삼 장이고 폭은 여섯 자로, 보통의 작은 배보다는 길이가 길고 폭은 더 좁았다.

호리가 직접 주문해서 만들었는데, 길이에 비해서 폭이 좁으면 운하의 많은 배들 사이를 날렵하게 헤쳐 나갈 수가 있으며, 속도는 작은 배보다 오히려 더 빠르다.

앞과 뒤가 다른 배들보다 뾰족하고 철판을 붙여서 유사시에 다른 배와 충돌하면 여지없이 박살을 내버린다.

움집의 길이는 일 장 반, 폭은 여섯 자로 배의 폭과 같다.

움집 안은 호리의 성격을 말해주듯이 언제나 깔끔하다. 그릇이며 이불, 옷가지 따위 모든 것들이 특별히 주문 제작된 양쪽의 일자형 낮은 장롱 안에 들어가 있기 때문이다.

호리는 한 건의 일을 끝내면 보통 열흘 정도 쉰다.

아니, 그는 악착같이 돈을 모아야 하기 때문에 하루도 쉬지 않고 일을 하고 싶었다.

그렇지만 여건이 그렇지 못했다. 누군가를 사기 치고 나면, 당한 자들이 호리 일당을 잡으려고 혈안이 돼서 생난리를 쳐

대기 때문에 잠잠해질 때까지 죽은 듯이 조용히 지내야만 하는 것이다.

만약 이번처럼 큰돈을 벌었다면 한 달이라도 푹 쉬면서 다음 계획을 짤 수가 있을 것이다.

그러나 염복에게 구 할씩이나 바치고, 겨우 일 할만으로 셋이서 분배를 해야 하는 각박한 상황에서 열흘씩이나 쉬는 것은 실로 마뜩찮은 호사였다.

염복에게 꼬박꼬박 구 할의 상납금을 바쳐야 하는 것만 생각하면 하루에도 골백번씩 속에서 천불이 치밀어 올라 당장이라도 뒤집어 버리고 싶은 호리였다.

말마따나 재주는 곰이 부리고 돈은 되놈이 버는 격이었다.

하지만 어쩔 도리가 없었다. 처음에 호리 혼자서 활동을 할 때 재수없게 염복의 눈에 띄었던 것이 운이 없었던 것이고, 항주성에서 그나마 지금의 수입이라도 올리자면 그를 거슬러서는 안 된다.

그를 거스르면 돈이 문제가 아니라 목숨을 잃게 된다. 그는 사람들이 알고 있는 것보다 훨씬 더 잔혹하고 비정한 인물인 것이다.

호리는 대충 정리를 끝내고 소녀를 힐끗 쳐다보았다.

그녀는 호리가 깔아준 이불 속에서 죽은 듯이 잠들어 있었다.

삐걱― 삐걱―

호리는 배를 갈대숲 안쪽 깊숙한 곳으로 느릿하게 몰아갔다.

이 갈대숲은 항주성 최고의 은신처였다. 서호 북안 십오 리 전체가 사시사철 갈대로 뒤덮여 있었다.

그래서 항주성 사람들은 이 갈대숲을 울겸림(鬱蒹林)이라고 부른다.

툭!

배의 앞부분이 뭍에 닿자 호리는 움집 안으로 들어가 장롱 한쪽을 열어 깊숙한 곳에서 어제 번 자신의 아람치 은자 팔십세 냥이 든 가죽 주머니를 쥐고 배에서 뛰어내렸다.

그가 내려선 물가에서 열 걸음 정도만 걸어가면 그곳에서 부터는 밀림이라고 해도 좋을 만큼 울창한 숲이다.

서호 북안의 얕은 물은 길이 십오 리에 폭 이백여 장의 거대한 갈대숲이고, 호변 역시 그만한 길이에 폭 오백여 장 정도의 길쭉한 숲으로 이루어졌다.

숲 끝은 장장 십오 리 길이에 삼 장 높이의 석벽이 길게 쳐져 있었다.

예전에 담이 없었던 시절의 이 숲은 항주성 최고의 우범 지역이었다.

하루에도 여러 차례나 살인, 강간, 집단적인 난투극이나 추악한 사건들이 벌어졌으며, 곳곳에 빈민들과 도망자들의 움막이 우글거렸었다.

그래서 결국 항주 관아에서는 극단적인 조치를 취하기에 이르렀다.

아예 높고 긴 담을 쌓아서 항주성과 서호 북안을 완전히 차단시켜 버린 것이다.

관아의 시도는 결국 성공했다. 사람들은 자기 키의 다섯 배가 넘는 담을 넘지도 못했고, 길이 십오 리나 되는 담을 돌아서 들어가려고 하지도 않았다.

물론 담이 생긴 이후에 이 숲에서 사건이 전혀 벌어지지 않는 것은 아니다.

그러나 그 장소는 담 양쪽 끝 언저리에 국한됐고, 사건이 벌어지는 횟수는 예전에 비해서 십 분의 일도 되지 않았다.

호리는 익숙한 걸음으로 숲 속을 이리저리 돌아 한 장소에 당도했다.

어른 세 명이 팔을 한껏 벌려야 안을 수 있을 정도의 거대한 거목 앞이었다.

거목의 아래쪽에는 이두컴컴한 하나의 구멍이 뚫려 있었는데 호리는 망설임없이 그 안으로 들어갔다.

안쪽은 일어서지도 못할 만큼 좁은 공간이었다. 호리는 잔뜩 웅크린 자세로 그곳 구석의 바닥을 두 손으로 파헤쳤다.

바닥은 낙엽이 썩은 부엽토라서 쉽게 파졌으며, 곧 하나의 뚜껑이 나타났다.

그것은 항아리 뚜껑이었고, 그 아래에 묻혀 있는 것은 폭 한 자에 깊이 두 자 반 남짓쯤 되는 항아리였다.

그리고 그 안에 절반쯤 찬 엽전들이 흐릿하게 반짝였다.

엽전은 대부분이 은자였다.

호리는 가죽 주머니를 열어 항아리에 조심스럽게 팔십세 냥의 은자를 쏟아 부었다.

자르륵!

듣기 좋은 소리였다. 또한 그것은 호리의 꿈이 영그는 소리이기도 했다.

그는 항주에 도착한 삼 년여 전부터 먹지 않고 입지 않으면서 악착같이 이 항아리에 돈을 모았었다.

삼 년 동안 항아리에서 단 한 냥의 돈도 꺼낸 적이 없었다.

또한 그는 항아리 속의 돈을 한 번도 세어보지 않았었다.

굳이 세어볼 필요가 없었다. 한 번 돈을 넣을 때마다 이제 얼마가 됐구나, 하고 하루에도 수십 번씩 속으로 뇌까리는 그가 어찌 돈의 액수를 모르겠는가.

그는 항아리 뚜껑을 덮은 후 원래대로 해놓고 거목의 구멍 밖으로 고개를 내밀어 주변을 살피고는 아무도 없음을 확인하고는 재빨리 밖으로 나왔다.

第四章
동거(同居)

一擲賭乾坤

조항유(曹恒裕)는 어제 하루 동안 꼬박 고심한 끝에 마침내 떠나기로 결심을 하고, 다음날 아침 동이 트자마자 간단한 행낭을 꾸린 뒤 집을 나섰다.

집이 워낙 가난해서 훔쳐 갈 것도 없으니 굳이 문단속을 할 것도 없었다.

등에 메고 있는 행낭이라고 해봐야 들어 있는 것들은 갈아입을 옷 한 벌과 사슴 가죽 신발 한 켤레, 딸이 모아둔 은자 삼십 냥이 전부였다.

육십이 평생 단 며칠조차도 부유하게 살아본 적이 없는 그는 사십이 세가 될 때까지 산동 남쪽 지방의 잘 알려지지 않은 삼류문파에서 사범 일을 하면서 지극히 평범한 삶을 살아왔었다.

불혹을 넘긴 사십이 세에 만나 어렵사리 혼인을 한 아내가 아니었다면, 아마 그는 아직도 그 문파를 떠나지 못하고 있었을 것이다.

나이 먹은 사범을 좋아하는 사람은 그리 많지 않을 테니까 문지기나 그와 비슷한 처지가 되어서 말이다.

스무 살이나 어린 아내의 손을 잡고 이곳 봉래현에 흘러 들어와 터를 잡고 산 것이 어언 이십여 년 전의 일이었다.

그 후 딸아이 연지를 낳았으며, 그로부터 삼 년 후에는 아들이나 다름이 없는 영글고 착한 제자를 맞이하여 행복한 가정을 꾸리며 살았었다.

그러나 문제는 가난이었다. 조항유는 평생 가난하게 살았지만 혼자 살 때에는 별문제가 없었다.

그런데 가족은 달랐다. 그는 자신을 제외한 세 사람을 더 부양해야 할 책임이 있었다.

문파를 떠나올 때 문주가 전별금(餞別金)이라면서 손에 쥐어준 돈 은자 이백 냥을 아끼고 아껴 썼지만, 팔 년여를 버티는 데에 그쳤다. 그래도 오래 버틴 셈이었다.

돈을 다 쓰고 난 후에야 그 돈으로 봉래현 거리에 작은 점포라도 하나 개업할 것을 잘못했다면서 후회했지만 소 잃고 외양간 고치는 격이었다.

조항유는 그때부터 돈을 벌어야만 했다.

그는 삼류문파에서 사범 노릇을 한 것 외에는 할 줄 아는 일이 하나도 없었다.

봉래현에는 가장 세력이 큰 철기보 외에도 고만고만한 무도관이 세 군데가 있었다.

조항유는 세 군데 무도관의 문을 두드렸다. 팔 년 동안 쉬었던 사범 일을 다시 해보려는 것이었다.

만약 그를 써주기만 한다면, 더 이상 가난 때문에 고생하지 않아도 될 터이다.

하지만 그가 잊고 있는 사실이 하나 있었다. 그 당시 그의 나이는 이미 오십 세가 되어 있었다.

사십이 세에 혼인을 하여 이곳 봉래현에 정착했고, 사 년 후 사십육 세에 딸 연지를 낳았으며, 그로부터 삼 년이 지나 사십구 세에 제자를 맞이했다. 그리고는 일 년 후에 전별금 은자 이백 냥이 다 떨어졌으므로, 그의 나이는 따 오십 세가 된 것이었다.

젊고 혈기방장하며, 실력도 출중한 사범들도 많은데 오십 세의 조항유를 사범으로 써줄 무도관은 한 곳도 없었다.

철기보는 문파가 아니라 방파다.

문파의 목적이 자파의 고유 무공을 전파하거나 협의와 정의를 실현하는 것이라면, 방파의 목적은 우선 세력을 확산하고 돈을 벌어들이는 사업을 벌이는 것이다.

방파의 궁극적인 목적이 돈이든 정의의 실현이든, 일단 차치하고서라도 문파와는 그런 점이 달랐다.

철기보는 표면적으로는 정파를 표방하고 있지만, 사실은 거의 사파에 가까운 방파였다.

그들은 돈이 되는 일이라면 무슨 일이라도 가리지 않았으며, 심지어는 해적 무리하고도 깊은 관계를 맺고 있었다.

그리고 그런 사실은 봉래현 사람이라면 누구나 알고 있는 공공연한 비밀이었다.

조항유는 비록 가난한데다 재주라곤 무술을 가르치는 것뿐인 인물이지만, 자신이 의로운 사람이라는 사실 하나를 평생의 긍지로 삼고 살아왔다.

그런 그가 돈 몇 푼 때문에 사파나 다름이 없는 철기보를 기웃거린다는 것은 말도 되지 않는 일이었다.

눈을 씻고 찾아봐도 봉래현에서 조항유가 돈을 벌 만한 일은 없었다.

그래서 그때부터 그의 아내 소선아(蘇仙娥)가 마을의 허드렛일을 하면서 돈을 벌어야만 했다.

아내의 고생은 이루 말로 설명하기 어려울 정도로 막심한 것이었다.

더구나 그녀는 자그마한 체구에 선천적으로 허약한 몸을 지니고 있었다. 그래도 그녀는 묵묵히 억척스럽게 일을 하여 가족을 부양했다.

그 모습을 더 이상 보기 어려웠던 조항유는 몇 번인가 돈을 벌어 오겠다면서 집을 떠났으나, 번번이 거지꼴을 한 채 되돌아오곤 했었다.

결국 그는 자신이 집에 가만히 있는 것이 그나마 모아둔 돈이라도 까먹지 않는다는 평범한 사실을 비싼 대가를 치른 후에야 깨달았다.

딸이 바닷가에 나가서 조개를 주워 팔고, 제자가 부지런히 나무를 하여 내다 판 돈을 보탰지만, 워낙 푼돈이라 생활에는 큰 도움이 되지 못했다.

그렇게 구 년이 흘렀으며, 딸이 십삼 세가 되던 해에 죽어라고 고생만 하던 아내는 지병으로 시름시름 앓다가 끝내 세상을 떠나고 말았다.

조항유와 딸과 제자는 하늘이 무너지는 충격과 절망에 빠졌다. 아내와 어머니와 사모님을 묻고 돌아온 날 세 사람은 서로 얼싸안은 채 통곡을 했었다.

그러나 현실은 냉엄했다. 죽은 사람보다는 살아 있는 세 사람의 앞날이 막막했다.

결국 십오 세가 된 제자는 대처로 나가서 돈을 벌어 오겠다는 편지 한 통을 남긴 채 어느 날 훌쩍 집을 떠나 버렸다.

아내를 잃은 지 석 달 만에 다시 아들 같은 제자와 친오빠 같은 사형을 잃은 조항유 부녀는 깊은 시름에 빠져서 웃음을 잃었다.

두 사람은 제자가 자신들을 버렸다고는 생각하지 않았다. 제자는 절대 그럴 사람이 아니었다.

그런데 제자가 떠난 지 넉 달 만에 조항유 집에 한 명의 낯선 사람이 찾아와 한 장의 편지를 내밀었다.

제자가 보낸 편지였는데, 자기는 자리를 잡고 잘 있으니 사부님께선 부디 걱정하지 말라는 말과 열심히 돈을 벌어서 장차 사부와 사매를 모시러 오겠다는 간단한 두 줄의 내용이 적혀 있을 뿐이었다.

낯선 사람이 다시 봉인이 된 가죽 주머니 하나를 내밀었다.

가죽 주머니 안에는 은자 석 냥이 들어 있었다.

은자 한 냥은 구리돈 이십 냥이고, 그것이면 조항유 부녀가 한 달 동안 굶주리지 않고 생활할 수 있는 액수였다.

그런데 제자는 은자 석 냥이라는 큰돈을 보내온 것이다.

그리고 그때부터 제자는 그 낯선 사람을 통해서 매월 꼬박꼬박 은자 석 냥씩과 간단한 안부 인사가 적힌 편지를 보내왔다.

낯선 사람, 아니, 삼 년 동안 제자의 심부름을 하고 있는 그는 더 이상 낯선 사람이 아니었다.

그는 자신의 이름이 현성(鉉星)이라고만 밝혔을 뿐, 그 어떤 물음에도 일체 침묵을 지켰다.

어쨌든 제자가 매달 보내주는 돈 덕분에 조항유 부녀는 지난 삼 년여 동안 별 걱정 없이 지낼 수 있었다.

탁!

조항유는 사립문을 닫고 잠시 집을 쳐다보다가 몸을 돌려 걷기 시작했다.

그저께는 조항유의 육십이 세 생일이었다. 그날 저녁에 멋진 생신 상을 차려 드리겠다면서 장을 보러 나간 딸 연지가 밤늦도록 돌아오지 않았다.

걱정이 된 조항유는 거리로 나갔다가 어렵지 않게 연지의 소식을 들을 수 있었다.

연지가 무림계의 대방파 아들에게 제압당하여 철기보에 끌려갔다는 것이다.

소스라치게 놀란 조항유는 한달음에 철기보로 달려갔다.

그러나 철기보주가 직접 나와 해명해 준 말은 그를 절망에 빠뜨리고 말았다.

연지를 제압한 대방파의 아들은 철기보에 잠깐 들렀다가 모든 일정을 취소한 채 차 한잔 마시지도 않고 자신의 대방파로 서둘러 돌아갔다는 것이다.

물론 연지를 데리고.

조항유는 철기보주의 말을 믿지 못하고 철기보를 샅샅이 뒤졌지만 끝내 연지를 찾아내지 못했다.

철기보주는 조항유를 두려워하지는 않지만, 그와 불편한 관계가 되는 것을 원하지 않았다.

조항유가 쟁쟁한 인물은 아니지만 일류고수로서 실력이 철기보주 자신을 능가한다는 사실을 알고 있기 때문이었다.

결국 조항유는 철기보주의 말을 믿을 수밖에 없었다.

철기보주는 대방파의 아들이 조항유의 딸을 납치할 줄을 몰랐다면서 구구한 변명을 늘어놓았다.

더구나 말끝에 자신들은 대방파가 살짝 기침만 해도 몰살 당할 수밖에 없는 처지니까 도울 수 없음을 이해해 달라고 죽는 시늉을 했다.

조항유는 어제 하루 종일 이 일을 어찌할 것인지를 고민했으며, 마침내 결정을 내리고 이제 집을 떠난다.

딸 연지를 구하러 대방파에 찾아가려는 것이다.

낙양(洛陽) 무황성(武皇城)으로.

이틀 후, 매월 말일에 봉래현 조항유의 집을 찾아오는 심부름꾼 현성이 이번 달에도 어김없이 그의 집 앞에 모습을 나타냈다.

　그러나 그는 지니고 온 제자의 편지와 은자 석 냥을 아무에게도 전해주지 못했다.

　대신 그는 봉래현 거리에 떠도는 한 가지 소문을 갖고 편지와 돈을 보낸 제자에게 돌아갔다.

＊　　　＊　　　＊

　요 며칠 사이에 호리에게 일거리가 없었던 것이 소녀에게는 다행한 일이었다.

　만약 일거리가 생겼다면 그는 소녀를 숲 속 아무 곳에나 버려둔 채 호리궁을 몰고 제 할 일을 하러 갔을 것이다. 그는 충분히 그러고도 남을 사람이었다.

　그는 자신이 손을 댄 일은 어떻게든 끝을 보는 성격이기는 하지만, 그보다는 돈을 버는 일이 더 중요했다.

　호리가 술을 마시고 항주성 운하에서 소녀를 구하고 난 후 닷새가 지났다.

　소녀는 호리에게 주먹으로 가슴을 적중당한 이후 나흘 내내 혼절에서 깨어나지 못하고 있는 중이었다.

　호리는 자신의 주먹질 때문이 아니라 그녀의 상태가 워낙 위중한 탓이라고 조금은 뻔뻔스럽게 스스로를 위로했다.

그는 소녀의 가슴을 가격한 직후에 결심한 대로, 그날부터 맹훈련에 돌입했다.

우선 동이 트기 전인 인시(寅時:새벽 4시)에 기상하여 물통을 지고 삼학산(三鶴山) 정상까지 다녀오는 것으로 하루의 훈련을 시작했다.

삼학산은 호리의 근거지인 서호 북안 울겸림 동쪽 끝에서 오 리쯤 더 간 곳에 있는데, 높이는 육백 척 남짓으로 작은 산이지만 지독한 험산이라 웬만한 체력으로는 오를 엄두를 내지 못한다.

이 산을 하루에 한 차례 오르내리는 것만으로도 근력과 다리 힘을 키우는 데에는 제격이었다.

호리는 삼학산 정상에 올랐다가 바로 아래에 있는 등월정(登月井) 약수에서 물을 떠 등에 단단히 부착시키고 다시 울겸림의 배 호리궁으로 돌아온다.

등월정 약수는 물맛이 좋기로 소문이 자자하지만 삼학산이 워낙 험준해서 일부러 산에 올라가 약수를 떠오는 사람이 그리 많지 않았다.

물을 가득 담은 물통의 무게는 오십 근으로 새끼 돼지 한 마리 무게다.

갈 때는 가벼운 몸이라 거의 나는 듯해서 반 시진이면 족하지만, 오십 근의 물통을 지고 돌아올 때에는 두 배인 한 시진 가까이 걸린다.

그러나 호리는 절대 걷지 않는다. 아무리 지쳤더라도, 그리고 아무리 느리더라도 반드시 달린다.

지난 삼 년여 동안 호리는 거의 매일 새벽에 그런 식으로 삼학산에 다녀왔었다.

호리를 알고 있는 사람들은 무림인도 아닌 그가 어떻게 그리 빨리 달릴 수 있느냐면서 궁금하게 여기는데, 바로 이것이 비밀 중에 하나였다.

호리는 사부와 함께 살 때에도 사부의 명령으로 매일 새벽에 봉래현에서 가장 높은 월명산(月明山)에 약수를 뜨러 다녀오곤 했었다.

배에 돌아온 호리는 녹초가 된다. 그는 잠시 쉬었다가 등월정의 약수로 밥을 지어 먹고 차 한잔을 끓여 마신 후 곧바로 운공조식에 들어간다.

그가 사부에게 배워서 십삼 년 동안 줄기차게 운공한 심법은 소정심법(霄霆心法)이라는 것이다.

사부는 자신의 무공, 아니, 무술이 평범한 깃이라고 입버릇처럼 말했었다.

그는 제자를 일류고수로 키우려는 마음이 애당초 없었으며, 호리 역시도 무림계로 진출하여 큰 인물이 되고 싶다는 따위의 꿈 같은 것도 없었다.

호리의 꿈은 그저 사부를 모시고 사매와 함께 오순도순 행복하게 사는 것이었다.

비록 평범한 무술이라고 해도 사부는 힘껏 가르쳤고, 호리 역시 한눈팔지 않고 꾸준히 수련했다.

아니, 호리는 운공을 하고 권각술을 수련하는 것을 무엇보다도 좋아했다.

그것들에 매두몰신(埋頭沒身)해 있는 동안은 좋지 않은 기억들을 모두 잊을 수 있었으며, 또한 몹시 행복했다.

밥을 지어 먹은 후 연이어 세 차례의 운공조식이 끝나면 호리는 자리를 털고 일어나 숲으로 달려가 자신만의 수련 장소에서 미친 듯이 권각술을 수련한다.

그곳에 특별한 수련 도구를 만들어놓지는 않았다. 그저 울창한 나무를 상대로 최대한 빨리 몸을 움직이면서 주먹과 발을 날려 가격했다.

사부에게 배운 권각술은 모두 팔 초식으로 이루어졌으며, 권법이 오 초식, 각법이 삼 초식이었다.

초식명은 백조비무격(百鳥飛舞擊).

초식명이 말해주듯이, 오 초식의 권법과 삼 초식의 각법에는 백 마리 새의 갖가지 움직임이 모두 담겨 있었다.

하나의 초식에 여러 종류의 새가 먹이를 공격하고, 날며, 춤을 추는 동작들이 섞여 있는 것이다.

숲 속의 수련장에서 호리는 점심도 거른 채 쉬지 않고 백조비무격을 수련하다가 해가 뉘엿뉘엿 질 무렵에야 비로소 지친 몸을 이끌고 호리궁으로 돌아온다.

털썩!
기진맥진해서 배에 올라선 호리는 상갑판에 드러누웠다.
"헉헉헉……."
심장이 미친 듯이 두근거리고 허파가 터질 것만 같았으며, 손가락 하나 까딱할 힘조차 남아 있지 않았다.
그렇지만 기분은 어느 때보다도 상쾌하고 좋았다. 마치 땀을 통해서 걱정근심을 모조리 배출한 듯한 기분이었다.
"끙!"
한동안 꼼짝하지 않고 누워 있던 호리는 저녁밥을 짓기 위해서 몸을 일으켰다.
슥—
그런데 천막을 걷고 움집 안으로 들어가던 그가 순간 뚝 동작을 멈추었다.
소녀가 일어나 앉아 있었던 것이다.
그녀는 자다가 상체를 일으켜 앉은 자세 그대로여서 덮고 있던 이불이 흘러내려 상체를 고스란히 드러낸 모습이었다. 그런데도 모르고 있는 듯했다.

알몸으로 혼절한 상태에서 누워 있는 것과 깨어나 눈을 뜨고 앉아 있는 반라의 모습은 사뭇 다른 모습과 느낌으로 호리에게 비춰졌다.

가녀린 어깨와 역시 가는 팔, 풍만한 젖가슴인데도 전혀 처지지 않고 오만하게 우뚝 솟아 있었다.

소녀는 호리가 움집 안으로 들어섰는데도 그에게 시선조차 주지 않은 채 정면만 뚫어지게 주시하고 있었다.

그녀가 하도 정면만 쳐다보고 있어서 호리는 혹여 그곳에 뭐가 있나 싶어 쳐다봤지만 쌀 항아리만 덩그러니 놓여 있을 뿐이었다.

호리는 천천히 다가가 그녀의 옆에 앉았다.

그런데도 그녀는 아예 호리의 존재를 모르는 듯 앞만 주시하고 있었다.

호리는 그제야 그녀의 얼굴을 제대로 보고는 나이가 십칠팔 세쯤 된 것 같다는 생각을 했다.

그녀에게 아예 관심이 없었으니 나이가 몇인지 궁금하지도 않았던 것이다.

호리는 밥을 해야 하지만 깨어난 소녀를 모른 체할 수가 없었다.

"이봐. 좀 괜찮으냐?"

그가 옆으로 다가가서 조용히 물었지만 소녀는 대답은커

녕 미동조차 하지 않았다.

동공이 움직이지 않는 것으로 봐서 깊은 생각에 잠겨 있든지 아직 혼절에서 덜 깨어난 듯했다.

쿡!

"이봐!"

참다못한 호리가 손가락으로 그녀의 맨살 어깨를 가볍게 찔러보았다.

그제야 소녀는 가볍게 놀라면서 급히 고개를 돌려 호리를 쳐다보았다.

아니, 그녀가 고개를 돌려 호리를 쳐다보는 것보다 더 먼저 그는 자신의 오른쪽 옆얼굴에 무언가를 느꼈다.

뭐가 다가오거나 무엇이 있는 듯한 기척을 느낀 것이 아니라, 그저 어렴풋한 육감 같은 것이었다.

또한 그런 느낌은 그가 예전에 누군가에게 급습을 당하여 중상을 입기 직전에 느꼈던 본능적인 위기감 같은 것과 몹시 흡사했다.

"……!"

호리는 급히 오른쪽을 쳐다보다가 눈을 부릅뜨면서 움찔 놀랐다.

그는 여간해서는 놀라지 않는 강심장이다. 그가 놀랐다는 것은 정말 대단한 일이 벌어졌다는 뜻이다.

그의 오른쪽 옆얼굴 반 뼘 거리에는 하나의 주먹 쥔 손등이 정지해 있었다.

호리는 적잖이 놀란 상태라서 순간적으로 그것이 누구의 주먹인지 알지 못했다.

그의 놀란 시선이 주먹에서 팔뚝으로, 그리고 어깨로 빠르게 옮겨졌다.

그리고는 그 주먹의 주인이 바로 앞에 앉아서 자신을 바라보고 있는 소녀라는 사실을 깨닫고는 방금 전보다 더 놀라서 눈을 더 크게 떴다.

호리는 자신이 손가락으로 소녀의 어깨를 찔렀을 때 그녀가 쳐다보는 것을 봤다.

그러나 오른쪽 옆얼굴에서 느낀 육감은 그보다 찰나지간 더 빨랐었다.

그것은 그녀가 얼굴을 돌려 호리를 쳐다보기도 전에 그의 얼굴을 향해 주먹을 날렸다는 뜻이다.

사람들은 깜짝 놀랐을 때 그런 반응을 보인다. 그렇지만 쳐다보는 것보다 빠른 공격은 없다.

만약 소녀가 손을 멈추지 않았다면 호리는 그녀의 주먹에 턱을 얻어맞고 말았을 것이다.

그런데 주먹은 호리의 얼굴 반 뼘 거리에서 멈췄다. 그가 쳐다봤을 때 주먹은 이미 정지해 있었다.

순서를 따지자면 이렇다. 호리가 손가락으로 소녀의 어깨를 찔렀고, 그것과 거의 동시에 주먹이 쏘아오다가 멈췄으며, 소녀가 호리를 돌아보았고, 마지막으로 호리가 주먹을 쳐다본 것이다.

과연 슬쩍 고개를 돌려 쳐다보는 간단한 동작을 하는 동안에 주먹을 날리고, 또 멈추는 동작이 가능한 것인가.

권각술을 십삼 년 동안 배운 호리의 상식으로는 도저히 불가능한 동작이었다.

"……!"

그때 소녀를 쳐다보던 호리는 다시 한 번 놀랐다. 소녀의 눈빛이 마치 꿈을 꾸듯 몽롱했기 때문이다. 그것은 누군가를 때리려던 사람의 눈빛이 결코 아니었다.

호리 얼굴 옆에 정지해 있던 소녀의 주먹이 펴지면서 스르르 내려졌다.

그러더니 소녀는 앉아 있기도 몹시 힘든 듯한 힘없는 표정으로 호리를 쳐다보았다.

"넌 누구냐?"

"……."

그것이 소녀가 한 첫마디였다.

호리는 세 번째로 할 말을 잃고 말았다.

죽어가는 것을 기껏 살려줬더니 '넌 누구냐?' 라니, 너무 어이가 없었다.

"그러는 넌 누구냐?"

"나?"

소녀의 흐릿한 눈빛이 조금 더 흐려지더니 마침내 호리의 인내심을 무너뜨리는 한마디가 한 떨기 장미처럼 붉은 입술 사이로 흘러나왔다.

"나는 누구지?"

"……."

호리는 또 말문이 막혔다. 그가 누구와 대화를 하다가 이런 식으로 말문이 막혀보기는 처음이다.

하물며 복사파 두령 염복 면전에서도 할 말을 꼬박꼬박하는 호리가 아닌가.

"이런……."

호리는 인상을 와락 쓰다가 상대가 소녀고, 또 온전하지 못한 상태라는 사실을 기억해 내고 애써 참았다.

"음! 몸은 어떠냐?"

"몸?"

소녀는 꿈을 꾸는 듯한 눈빛에 의아한 기색 하나를 더 얹어서 자신의 몸을 굽어보다가 알몸이라는 사실을 깨닫고 화들짝 놀랐다.

"앗!"

그녀는 급히 이불을 끌어다가 자신의 몸을 가렸다. 그러나 단지 그것뿐이었다.

보통 소녀들 같으면 외간 남자에게 알몸을 보였다고 난리법석을 피우거나 울고불고할 텐데, 소녀는 짤막한 비명 한 번 지르고는 끝이었다.

"어떻게 된 일이냐?"

오히려 소녀는 추호도 동요하지 않고 착 가라앉은 목소리로 물었다.

그야말로 내가 부를 노래를 사돈이 부르는[我歌査唱] 격이 아닐 수 없었다.

호리는 은근히 끓어오르는 부아를 일단은 참기로 했다. 그는 이날까지 한 번도 여자와 싸워본 적이 없었고, 여자를 상대로 사기를 친 적도 없었다.

그는 어떤 경우에도 여자는 무조건 보호해야 할 연약한 대상이라고 사부에게 귀가 닳도록 가르침받았었다.

이윽고 그는 닷새 전 항주성 내 운하에서 소녀를 건져 냈던 것부터 지금에 이르기까지 있었던 과정을 그녀에게 빠짐없이 설명해 주었다.

빠짐없이라고 해봐야 운하에서 건져 낸 후에 치료를 했다는 설명이 전부였다.

설명을 다 듣고 난 소녀는 잠시 생각하는 것 같더니 약간 고개를 숙인 자세로 물었다.

"내가 왜 다쳤느냐?"

"그걸 내가 어떻게 아느냐?"

"모른다고?"

그녀는 고개를 숙인 자세에서 힐끗 호리를 쳐다보았다.

그런데 그녀의 눈빛은 조금 전까지의 몽롱하던 것과는 판이했다.

번갯불 같기도 하고 얼음처럼 차갑기도 한, 빙전(氷電)이라고밖에는 표현할 수 없는 오싹한 눈빛이었다.

단언하건대, 호리는 지금껏 그 누구의 눈빛에도 겁을 먹거나 주눅이 들어본 적이 단 한 번도 없었다.

그런데 소녀의 눈빛을 접하는 순간 자신도 모르게 동공이 파열되고 심장이 얼어버리는 듯한 섬뜩한 느낌, 아니, 공포를 느껴야만 했다.

"아……. 그렇다면 나는 왜 다친 것이지?"

그런데 그녀는 갑자기 한숨을 푹 내쉬면서 금방이라도 쓰러질 것 같은 힘없는 표정을 지었다.

물론 호리의 동공을 파열시키고 심장을 얼려 버릴 듯한 눈빛은 어느새 사라져 버렸다.

호리는 뭐가 어떻게 돌아가는 것인지 도무지 갈피를 잡을 수가 없었다.

"이봐! 너 도대체 누구냐?"

소녀는 고개를 살래살래 가로저었다.

"모르겠어……. 도무지 아무것도 모르겠어……. 아아… 나는 대체 누구지?"

그녀의 얼굴에 괴로운 표정이 떠올랐다.

"이거야……."

"아……."

그때 소녀가 나직한 신음을 흘리더니 뒤로 쓰러졌다.

"이봐!"

호리가 급히 불렀지만 소녀는 가리고 있던 이불을 놓은 채 바닥에 힘없이 늘어져 버렸다. 혼절한 것이다.

호리는 소녀를 물끄러미 굽어보았다. 그녀는 젖가슴을 드러낸 채 머리카락이 얼굴을 뒤덮고 있었지만, 호리의 눈에 그녀의 나신은 들어오지도 않았다.

그의 시선은 소녀의 얼굴에 고정되어 있지만, 머릿속으로는 자신이 수련을 마치고 배에 돌아온 이후부터 지금까지 벌어진 일들을 차근차근 정리하고 있었다.

그리고 하나의 결론이 조심스럽게 나왔다.

'설마……. 기억을 잃어버린 것인가?'

이런 경우를 한 번도 경험한 적이 없지만, 머리에 심한 충격을 받았을 경우에 그런 일이 간혹 일어나기도 한다는 말을 들은 적이 있었다.

일단 그렇게 생각하자 소녀가 기억을 잃었을 것이라는 것 외에는 지금의 상황을 달리 이해할 수가 없었다.

호리의 가슴이 답답해졌다. 그는 누군가를 데리고 있을 처지가 아니었다.

그렇다고 중상을 당한 데다 정신까지 온전치 못한 소녀를 내쫓을 수도 없는 노릇이었다.

세 차례의 운공조식을 끝내자 자시(子時:밤 12시)가 됐다.

십삼 년 동안 꾸준히 운공조식을 했어도 내공이 생기지 않는 심법이었지만, 호리는 그만두지 않았다.

아니, 절대 그만둘 수가 없었다. 소정심법은 사부가 가르쳐 준 심법이기 때문이다.

호리에게 사부는 그냥 사부가 아닌 아버지나 다름이 없는 존재였다.

소정심법을 운공하지 않는다는 것은 사부를 더 이상 아버지로 섬기지 않겠다는 뜻이나 같았다.

또한 내공이 생성되거나 축적되지는 않았지만, 한 가지 좋은 점은 있었다.

운공을 마치고 나면 심신이 더할 나위 없이 맑고 상쾌해진다는 사실이었다.

다섯 살에 사부의 제자가 된 후 호리는 하루도 운공을 거르지 않았었다.

그런데 십오 세에 돈을 벌어보겠다는 일념으로 무작정 봉래현 사부의 집을 나와서 이곳저곳을 떠돌다가 항주성에 정착을 한 후, 일을 하던 중에 너무 바빠서 닷새 동안 운공을 빼먹었던 적이 있었다.

그리고 엿새째 아침에 잠자리에서 일어나려던 그는 깜짝 놀라고 말았다.

온몸이 뻐근하고 물을 흠뻑 먹은 솜처럼 무거웠으며, 머리가 지끈거리는 두통을 느낀 것이다.

그런 느낌은 생전 처음이었다.

그래서 그는 자신이 병에라도 걸린 줄 알고 깜짝 놀라서 그 길로 의원을 찾아갔다.

그런데 그를 진맥한 의원은 호리의 위아래를 훑어보더니 퉁명스럽게 '자네처럼 건강한 사람만 있다면 의원들은 다 문을 닫아야 할 게야' 라고 내뱉었다.

말인즉, 아무런 이상도 병도 없다는 것이다.

그런데도 몸은 여전히 천근처럼 무겁고 찌뿌둥했으며 머리는 지끈거리니 답답하기 짝이 없는 노릇이었다.

거처로 돌아온 호리는 바쁜 일도 잠시 접어두고 원인을 찾느라 이 궁리 저 궁리하다가 끝내 해답을 찾아내지 못하고 내

친김에 며칠 동안 하지 못한 운공조식이나 하자고 자세를 잡고 앉았다.

그런데 바로 그때 놀라운 일이 일어났다.

한 차례의 운공조식을 하고나자 몸과 정신이 조금 개운해지는 것을 느낀 것이다.

희망이 생긴 그는 연이어 세 차례 운공조식을 했다. 그 결과 몸이 아프던 증상은 씻은 듯이 나아졌다.

그래서 그는 결국 깨달았다. 소정심법을 운공하지 않아서 아팠다는 사실을.

이후 그는 주위에 심법을 배운 적이 없는 여러 사람들에게 평소 그들의 몸 상태가 어떤지 물어봤다.

그들의 대답은 한결같았다.

호리가 닷새 동안 운공조식을 하지 않은 것보다 더 지독한 상태라는 것이다.

그래서 호리는 또 하나의 커다란 사실을 깨달았다.

심법을 배우지 않은 사람들은 호리 자신이 닷새 동안 운공을 하지 않았기 때문에 받은 고통보다 더한 고통 속에서 살아가고 있었던 것이다.

더구나 사람들은 그것이 정상적으로 건강한 상태라고 여기고 있다는 것이었다.

그제야 호리는 세상 사람들이 평생을 살아가는 동안에 많은 사람들이 온갖 질병에 걸려서 고통을 받으며 죽는다는 사실을 알게 되었다.

또한 자신은 그때까지 그 흔한 감기조차 앓아본 적이 없다는 사실을 새삼스럽게 깨달았었다.

그것은 모두 소정심법을 운공한 덕분이었던 것이다.

운공조식을 하지 않으면, 호리 자신도 평범한 사람과 똑같아질 수밖에 없었던 것이다.

그날 이후 그는 사부에게 감사하는 마음을 품고 열심히 운공조식을 했다.

아무리 급한 일이 생겨도 운공조식을 하지 못한 날이 사흘을 넘기지 않도록 애썼다.

밤이 깊었다.

호리는 움집 안을 두리번거렸다. 한 채뿐인 이불을 소녀가 깔고 또 덮고 자고 있었기 때문에 무언가 덮고 잘 만한 것을 찾으려는 것이다.

그러나 이불 대용으로 쓸 만한 것이 아무것도 없어서 호리는 그냥 바닥에 벌렁 누웠다.

그러자 그의 몸이 자고 있는 소녀의 몸 절반을 깔아뭉갠 자세가 되고 말았다.

소녀와 함께 생활하는 며칠 동안 내내 그랬으면서도 혼자자던 습관이 몸에 배어서 어쩔 수가 없었다.

움집 안의 폭은 고작 여섯 자다.

호리가 직접 설계해서 제작할 때에는 이 년 후 어느 날 밤에 운하에서 죽어가는 소녀를 구하게 되어 함께 자게 될 것이라는 예상 같은 것을 하지 못했었다.

양쪽을 차지하고 있는 장롱이 아무리 좁아도 두 개 합쳐서 폭이 두 자 반은 된다.

그것은 바닥에 누워서 잘 수 있는 폭이 불과 석 자 반뿐이라는 얘기다.

그렇지만 호리 혼자서는 네 활개를 펴고 굴러다니면서 잘 수 있는 공간이었다.

호리는 체격이 좋은 편이다. 전체적으로는 약간 마른 듯 보이지만, 그것은 그의 키가 크고 허리가 잘록하며 하체가 길기 때문이다.

가슴은 불룩하고 탄탄했으며, 어깨는 넓고 강건했다. 넓이로 치자면 두 자 가까이 될 것이다.

소녀의 어깨가 한 자 반이라고 친다면, 두 사람이 바닥에 똑바로 누우면 딱 맞는다.

그러나 두 사람이 어깨가 맞닿은 상태로는 잠을 자기가 쉽지 않은 법이다.

시체처럼 꼼짝도 하지 않고 잔다면 모를까. 잠결에 조금씩 움직이다 보면 부딪치는 것은 물론이고 엉기고 포개지게 될 것이 뻔하다.

호리는 원래 똑바로 누워서 자는 습관이 있다.

그는 어떻게든 똑바로 누워서 자보려고 몸을 이리저리 움직여 보다가는 결국 포기하고 소녀를 등진 채 함롱을 보며 옆으로 누웠다.

호리 딴에는 소녀 때문에 많은 희생을 치르고, 또 많은 피해를 보고 있었다.

第五章
외강내유(外剛內柔)

一擲賭者
乾坤

오늘도 호리는 새벽 인시에 어김없이 눈을 떴다.

감상택에게서 생아편을 천오백 냥어치를 벌어들이고 나서 칠 일째 새벽이었다.

그는 딱 열흘만 채우고 나서 다시 일거리를 찾으러 힝주성 내를 돌아다녀 볼 생각이었다.

그때 문득 호리는 지금 자신이 천장을 향해 똑바로 누워 있는 자세라는 사실을 깨달았다.

누워 있는데도 어깨에 소녀의 몸이 느껴지지 않았다. 순간 소녀가 옆에 없다는 사실을 깨닫고 움찔 놀라 벌떡 일어나 앉았다.

소녀는 이불로 몸을 감싼 채 일어나 앉아 있다가 호리가 일어났는데도 전혀 놀라는 기색이 아니었다.

그녀는 함롱에 기대앉은 편안한 자세였으며, 시선은 호리를 향하고 있었다.

그로 미루어 그녀가 깨어난 지 오래됐으며 줄곧 호리를 주시하고 있었다는 것을 알 수 있었다.

"몸은 괜찮은 거냐?"

호리는 잠깐 어이없는 표정을 지었다가 마음을 가라앉히고 물었다.

"조금 아파."

소녀는 아미를 살짝 찌푸렸다.

조금이 아니라 아주 많이 아플 것이다.

그녀가 얼마나 다쳤는지 똑똑히 알고 있는 호리는 그저 조금 아프다고 말하는 그녀의 체력과 참을성이 대단하다고 내심 적잖이 감탄했다.

호리도 여러 번 상처를 입었었지만 소녀만큼 지독하게 다쳐 본 적은 없었다.

평소 체력에는 자신이 있다고 자부하는 그라고 해도 소녀만큼 다쳤다면 일어나기는커녕 아직도 자리 보존한 채 꼼짝도 하지 못했을 것이다.

또한 완치되는 데에는 최소한 두 달 이상, 대소변이라도 스스로 해결하려면 이십 일 이상은 걸릴 터이다.

오늘로서 소녀를 치료한 지 칠일 째인데 그동안 한 번도 상처를 살펴보지 않았다.

그래도 살리겠다고 물에서 건져 내고 치료까지 해주었는데 호리는 자신이 조금 무심했다는 마음이 들었다.

상처가 낫고 있는 것인지 어떤지 좀 보긴 봐야 할 텐데, 그것이 소녀의 알몸을 보자고 요구하는 것이어서 선뜻 말이 나오지 않았다.

두 사람은 마주 보는 자세로 앉은 채 한동안 말이 없었다.

소녀는 눈도 깜빡이지 않고 호리를 빤히 응시했으며, 호리도 그녀를 바라보았다.

지금 소녀의 눈빛은 흐리멍텅하지도 빙전 같지도 않았다. 그저 흑백이 또렷한 눈으로 이따금씩 눈을 깜빡거리면서 호리를 주시할 뿐이었다.

그렇다고 호리를 관찰한다거나 경계하는 듯한 눈빛도 아닌 듯했다.

굳이 설명을 하자면, 약간의 호기심과 무료함이 깃든 그런 눈빛이었다.

하지만 그녀의 표정이나 눈빛에는 조금의 긴장이나 두려

움도 엿볼 수 없었다.

그것은 이상한 일이었다.

평범한 여염집 소녀라면 아무리 기억을 잃었다고는 하지만, 오랜 습관이 몸에 배어 이런 상황에서는 몹시 두려워하거나 긴장을 해야 마땅한데도 소녀는 아예 그런 감정이 없는 사람 같았다.

하긴, 소녀가 호리 앞에 나타난 이후 지금까지 보여주었던 이상한 점들이 어디 한두 가지였는가.

따지고 들자면 그녀의 모든 것이, 그리고 처음부터 지금까지 신비하고 이상한 것투성이였다.

문득 호리는 자신이 소녀에 대해서는 아무것도 모르고 있는데도 불구하고, 마치 그녀하고 오랫동안 함께 생활했었던 것 같은 착각을 느꼈다.

만약 호리가 커다란 집에서 여러 사람과 북적거리면서 생활을 했다면 그런 느낌을 받지 못했을 것이다.

많은 사람이 있는 데서 한 사람쯤 들어오고 나가는 것이야 별 관심을 끌지 못할 테니까.

그러나 이곳은 호리의 집. 즉, 혼자만의 은밀한 공간이다. 그는 사부의 집을 떠나온 이후 누군가와 함께 생활하는 것이 처음이다.

아마 그래서 그런 느낌을 받았을 것이다.

그 느낌은 친밀감 혹은 유대감이었다.

문득 호리는 가볍게 움찔하면서 보일 듯 말 듯 가볍게 고개를 가로저으며 자신을 책망했다.

'내가 지금 무슨 생각을 하는 거야?'

그는 자신의 쓸데없는 생각에 반발이라도 하는 듯, 소녀를 빨리 완쾌시켜서 내보내야겠다고 곱씹어 다짐했다.

이 이상한 소녀와 더 이상 함께 있다가는 자신의 머리가 어떻게 돼버릴 것만 같았다.

"상처가 어떻게 됐는지 좀 보자."

그래서 조금 전에 어색하게 쭈뼛거렸던 것과는 달리 불끈 용기를 내어 소녀 앞으로 엉덩이를 조금 끌어당겨 앉으며 퉁명스레 내뱉었다.

소녀는 잠자코 호리를 응시했다.

그녀의 시선에 호리는 조금 머쓱한 표정이 됐다. 상처를 보자는 것은 소녀의 알몸을 보자는 뜻이나 같은데, 불쑥 내뱉었으니 그럴 만도 했다.

그런데 소녀가 몸을 감싸고 있던 이불을 스르르 내리더니 바닥에 반듯한 자세로 눕는 것이 아닌가.

그녀는 호리가 자신을 치료하면서, 그리고 그 외에도 우연찮게 여러 차례 자신의 알몸을 보는 것뿐 아니라 만지기까지 했다는 사실을 잘 알고 있었다.

그렇더라도 일개 소녀가 깨어 있는 상태에서 제정신으로 자신의 알몸을 남자에게 선뜻 내보이는 것은 결코 쉬운 일이 아니었다.

확실히 이 소녀는 보통 소녀들하고는 근본적으로 다르다고 호리는 생각했다.

그러나 그 생각은 금세 바뀌었다. 호리는 의외라는 표정으로 소녀의 얼굴을 쳐다보았다.

눈을 꼭 감고 있는 소녀의 속눈썹이 가늘게 바르르 떨리고 있는 것을 발견한 것이다.

수치인지 부끄러움인지 모를 그 무엇을 간신히 견디고 있다는 뜻이었다.

그것을 보자 호리는 소녀를 이상하게만 여기던 마음이 조금쯤은 가셨다.

이윽고 소녀의 상처를 살피기 시작하던 그는 자신이 뭘 잘못 봤나 싶어서 눈을 비비고 다시 살펴보았다.

그러나 잘못 본 것이 아니었다. 놀랍게도 소녀의 몸에 난 상처들은 벌써 아물고 있었던 것이다.

암기에 꽂혔던 스물한 군데 상처는 이미 딱지가 앉았으며, 왼쪽 젖가슴 위의 검에 찔린 상처는 덧나지 않고 꾸들꾸들 아물고 있는 중이었다.

호리는 눈을 껌뻑거리면서 상처들을 쳐다보았다. 믿기 어러운 일이었다.

물론 그의 약이 의원의 외상약보다 효능이 조금 낫기는 하지만, 그토록 깊은 상처를 치료한 지 엿새 만에 이만큼 아물게 할 정도는 아닌 것이다.

그때 소녀가 살며시 눈을 뜨고 호리를 바라보다가 가볍게 놀라는 표정을 지었다.

호리의 눈빛이 흔들리고 복잡한 표정을 짓고 있는 것을 발견했기 때문이었다.

그가 소녀의 상처가 너무 빨리 아물고 있는 것을 발견하고 놀라는 것을 다른 뜻으로 오해를 하는 것 같았다.

"나…… 잘못된 거야?"

소녀가 비단 천끼리 스치는 소리처럼 사르락거리는 목소리로 나직이 조심스럽게 물었다.

그렇지만 호리는 적잖이 놀란 마음으로 생각에 잠겨 있느라 듣지 못했다.

"나 죽는 거야?"

소녀가 다시 물었다. '죽는'다는 말에 호리는 퍼뜩 정신을 차렸다.

"죽긴 왜 죽어?"

그는 퉁명스럽게 내뱉고는 약상자를 꺼내 소녀의 상처에 다시 약을 발라주기 시작했다.

암기에 찔린 스물한 군데 상처를 치료한 후 마지막으로 왼 젖가슴 위로 손을 뻗었다.

팔을 걷어붙인 호리의 팔뚝이 치료를 하는 과정에서 예전처럼 또다시 소녀의 유두를 살짝 스쳤다.

순간 소녀는 움찔 몸을 떨면서 두 눈을 커다랗게 떴다.

그것을 호리는 약을 바르는 것 때문에 소녀가 아파서 그러는 것이라고 오해를 했다.

"조금만 참어. 다 돼간다."

자신과는 사뭇 다른 종류의 인간이라고만 여기던 소녀가 아픔을 느끼고 있다는 생각을 하자 그제야 조금쯤은 동질감이 느껴진 호리가 조금 전과는 달리 다소 누그러진 목소리로 달래주었다.

왼쪽 가슴 위의 검상이 가장 깊었기 때문에 호리가 한층 신경을 써서 약을 바르는 것은 당연했다.

그러면서 그가 두어 차례 더 팔뚝으로 유두를 스치자 그때마다 소녀는 움찔움찔 몸을 떨었다.

그래서 여자에 대해서는 숙맥불변(菽麥不辨)인 호리는 그녀가 아파서 그러는 줄만 알고 더욱 조심스럽게 치료를 했다.

그러나 조심할수록 팔뚝은 자꾸 유두를 스쳤고, 원래는 연갈색의 버찌 정도의 크기였던 유두는 어느새 오디만큼 커지고 단단하게 변했다.

묘한 느낌을 견디느라 아미를 곱게 찡그리고 있던 소녀는 문득 치료에 몰두해 있는 호리의 옆얼굴을 바라보았다. 그녀의 눈빛이 가볍게 흔들리고 있었다.

그녀가 무슨 생각을 하고 있는지는 그녀 자신만이 알고 있을 터였다.

"그런데."

이윽고 치료를 끝낸 호리가 소녀의 몸에 이불을 덮어주면서 말문을 열었다.

"검하고 암기에 스물두 군데나 찔렸으면서도 어떻게 한 군데도 급소에 맞지 않을 수가 있었지?"

소녀는 누운 채 말없이 눈만 깜빡거렸다. 마치 남의 얘기를 듣는 표정이었다.

"너, 누구에게 당한 거야?"

호리는 소녀를 일으켜 함롱에 기대어 앉히며 질문을 바꾸어 물었다.

"네가 못 봤어?"

어이없게도 소녀는 호리보다 더 궁금하나는 표징을 지으면서 반문했다.

"내가 그걸 어떻게 아니?"

호리는 어이없는 표정을 지었다가 그녀가 기억을 잃었다는 사실을 깨닫고 실소를 금치 못했다.

“어디, 머리 좀 보자.”

호리는 소녀를 돌려 앉히고 구름 같은 머리카락을 들어 올리며 뒷머리를 살펴보았다.

손가락 한 마디 정도 찢어졌던 부위는 아무는 중이었고, 멍도 많이 가신 상태였다.

“배고파.”

호리가 뒷머리 치료를 끝내고 소녀를 함롱에 기대어 돌려서 앉히자 그녀가 기다렸다는 듯이 중얼거렸다.

그제야 호리는 그녀가 무려 칠 일 동안이나 아무것도 먹지 못했다는 사실을 깨달았다.

“기다려.”

호리는 무뚝뚝하게 말하고는 움집 밖으로 나갔다.

밖은 이미 동이 터서 사위가 환하게 밝아 있었다. 서호 너머 동쪽 봉황산(鳳凰山) 위로 떠오른 해를 보니 이미 진시(辰時:아침 8시)는 된 것 같았다.

호리는 가볍게 한숨을 내쉬고는 고물 쪽으로 가서 노를 저어 배를 이동시켰다.

이어서 수심이 반 장 남짓 되고 갈대 외에도 이름 모를 수초들이 많은 곳 한가운데에 배를 고정시켰다.

소녀에게 그냥 허연 쌀죽보다는 몸보신에 좋은 잉어나 예어(鱧魚:가물치)를 넣은 어죽을 끓여 먹이기 위해서 낚시를 하려는 것이었다.

차갑고 무뚝뚝하기만 한 호리가 이러는 것을 만약 철웅과 은초가 본다면 놀라 기절할 일이었다.

그러나 이것이 바로 호리의 진실한 성품이었다. 외강내유(外剛內柔). 겉은 철갑을 두른 것처럼 단단하지만, 속은 더없이 따뜻한 것이다.

소녀는 움집 안에 누워서 호리가 먹을 것을 가져오기만을 기다리고 있었다.

그런데 아무리 기다려도 먹을 것은커녕 한 번 나간 호리마저도 코빼기조차 내비치지 않았다.

그녀는 기다리다 못해서 결국 이불로 몸을 감싼 채 배 고물 쪽으로 나가보았다.

호리는 배 고물 쪽에 수면으로 두 발을 나란히 내린 채 걸터앉아 낚싯대를 드리우고 있었다.

"먹을 것 안 줘? 배고파."

소녀는 호리 뒤에 서서 그의 정수리를 굽어보며 빛 독촉하듯이 앓는 소리로 말했다.

"기다려."

"얼마나?"

"그냥 기다려."

호리는 낚싯줄과 수면이 닿는 부분을 뚫어지게 주시하며

무뚝뚝하게 대꾸했다.

"일각 내로 먹을 것을 가져와. 더는 못 기다려."

소녀는 명령조로 말하고는 움집 안으로 들어가더니 다시 누워버렸다.

'저 계집애가!'

호리는 발끈해서 짙은 눈썹이 치켜 올라갔다.

아침에 눈을 뜨자마자 소녀를 치료하고 어죽을 쑤어 먹이려고 낚시를 하느라 삼학산에서 물을 떠오는 새벽 수련을 빼먹은 것은 고사하고, 자칫하다가는 권각술 수련도 할 수 없을지 모르는 판국이다.

그런데 속도 모르는 소녀는 얄궂게 헤살이나 놓아 속을 뒤집어놓고 있으니, 아무리 부처님 가운데 토막 같은 호리라고 해도 심기가 편할 리가 없었다.

호리가 노리는 것은 잉어나 가물치다. 그것도 작은 것이 아니라 최소한 두 자 이상짜리 대물이다. 그 정도는 돼야 보신에 약효가 있기 때문이다.

반 시진 앉아 있는 동안 이십여 마리의 잡고기들을 잡았지만 모두 놔주었다.

그는 물고기를 잡아서 보관해 두지 않고 항상 먹고 싶으면 그때그때 낚시로 잡는다. 집 앞이 양어장인데 무에 물고기 걱정을 하겠는가.

또한 그는 낚싯줄에 찌(鉓)를 끼우지 않고 그냥 손으로 느껴지는 감각만으로 고기를 잡는다.

이윽고 소녀가 더 이상은 못 기다린다는 일각이 속절없이 지나 버렸다.

그러나 그때까지도 잉어나 가물치는 잡히지 않았다. 그녀의 말이 떨어진 즉시 잡았다고 하더라도 물고기를 다듬고 어죽을 만드는 시간이 최소 반 시진을 걸릴 테니, 그녀의 요구는 우물에서 숭늉을 찾는 격이었다.

소녀의 뱃속에는 시간을 알리는 장치 같은 것이 있는 게 분명했다.

그녀는 정확하게 일각이 되자 다시 이불을 몸에 감고 호리의 뒤에 나타났다.

"멀었느냐?"

못마땅함이 가득 담겨 있는 힐문이 호리의 정수리로 뚝 떨어져 내렸다.

호리는 입을 꾹 다문 채 대꾸하지 않았다.

자고로 여자와 소인은 도리를 제대로 알지 못하므로 가끼이하지 말라고 했는데[女子興小人難養], 과연 그 말이 맞는 것 같았다.

다른 사람 같았으면 조금 해보다가 잉어나 예어가 쉽사리 잡히지 않으면 미련없이 엉덩이를 털고 일어설 텐데도 호리는 그러지 않았다.

게다가 잉어나 예어, 특히 대물은 절대 쉽게 잡을 수 있는 게 아니었다.

그렇지만 어죽도 어죽이려니와 기어코 잡고 말겠다는 호리의 고집이 발동을 해서 이대로는 포기하고 싶은 마음이 조금도 들지 않았다.

"이 말에도 대답을 하지 않는다면 경을 칠 줄 알아라."

소녀는 마지막 경고를 했다.

평소의 호리였다면 그 말에 소녀가 다쳤든지 기억을 잃었든지 상관하지 않고 즉시 배를 몰고 가서 그녀를 건졌던 곳에 내던지고 왔을 것이다.

그런데 호리는 소녀의 경고성 말을 듣는 순간 자신도 모르게 움찔했다.

어찌 된 일인지 그녀의 말이 단순한 협박으로 들리지 않았기 때문이다.

그녀의 말, 아니, 어조에는 발끈한 기분에 되는대로 섞어서 내보내는 얕은 감정 따위가 한 올도 들어 있지 않았다. 대신에 절제된 품위와 위엄이 적당하게 깃들어 있었다.

호리는 지난 삼 년여 동안 거친 생활을 하면서 항주성에서 숱한 사람들을 겪어봤었다.

그들 중에는 방귀깨나 뀐다는 대단한 신분도 많았는데, 그

들 대부분은 없는 권위와 위엄을 억지로 내보이려고 용을 쓰
는 자들이었다.

그런데 방금 소녀의 품위와 위엄있는 어투에는 추호의 억
지나 가식이 담겨 있지 않았다.

참새가 꿩인 체 발악을 하는 것이 아니라, 오히려 봉황이
제 모습을 감추려고 애를 쓰는 데에도 깃털이 은연중에 내비
치는 것처럼 지극히 자연스러웠다.

호리는 소녀의 얼굴을 보려고 낚싯대를 쥔 채 부스스 일어
섰다. 그의 얼굴에는 놀라움과 호기심이 반반이었다.

그리고 그는 발견했다. 방금 전의 그 어조와 꼭 닮은 봉황
의 얼굴이 그곳에 있는 것을.

일순간이지만 호리는 그 봉황 앞에서 어떻게 해야 할지 몰
라 위축됐다.

그는 지난 삼 년여 동안 항주성에서 온갖 고달픈 신산을 두
루 겪으면서 십팔 세 많지 않은 나이에 능구렁이가 되었고,
바늘로 찔러도 피 한 방울 나오지 않을 정도의 철면피가 된
상태였다.

그래서 복사파 두령인 염복 앞에서도 눈 하나 까딱하지 않
을 수 있었다.

그런 그가 일개 소녀 앞에서 기가 팍 꺾인 것이다.

"도대체 너…… 는 누구냐?"

그는 어눌한 표정과 목소리로 입을 열었다. 이런 모습을 보이고 있는 그녀가 누군지 정말 궁금했다.

순간 소녀의 고고하던 자세와 표정이 한순간에 와르르 무너졌다.

그녀는 다시 몽롱한 눈빛으로 돌아가 고개를 갸웃거렸다.

"그러게. 내… 가 누구지?"

호리는 기어코 두 자 반짜리 잉어 한 마리를 잡아서 아껴두었던 여러 약초들과 쌀을 넣고 푹 끓여 소녀에게 먹이고, 자신도 뜻하지 않은 잉어보신죽을 양껏 먹었다.

처음에 한 숟가락 떠 먹어본 소녀는 입맛에 맞지 않는다면서 아미를 찌푸리며 물러나 앉았었다.

그러나 결국엔 배고픔을 이기지 못하고 커다란 죽사발로 네 그릇이나 퍼먹고는 배를 쓰다듬으며 함롱에 기대어 이번에는 배가 너무 부르다고 씩씩거렸다.

호리는 자신만의 금고인 항아리에서 은자 한 냥을 꺼내온 후 배를 몰고 항주성으로 향했다.

그가 항아리에서 돈을 꺼낸 것은 삼 년여 동안 처음 있는 일이었다.

호리는 구리돈 닷 냥짜리 평범한 갈색 무명옷을 소녀에게 사서 입혔다. 그가 제 손으로 여자 옷을 사기는 난생처음 있는 일이었다.

소녀는 움집 안에서 옷을 입어보고 이리저리 둘러보며 흡족한 표정을 지었다. 어린아이가 부모의 선물을 받고 기뻐하는 모습이었다.

그녀가 여태 보여준 위엄이나 깐깐함으로 봐서는 무명옷 같은 것은 쳐다보지도 않을 것 같았는데 의외였다.

호리는 그녀가 입고 있던 옷이 비단이며 매우 고급스러웠다는 것을 잘 알고 있었다. 혹시 몰라서 그는 그 옷을 잘 간직해 둔 상태였다.

만약 그녀가 기억을 잃지 않았다면 과연 구리돈 닷 냥짜리 무명옷 같은 것을 입었을까? 라고 생각하며 혼자 피식 실소를 흘렸다.

삐걱― 삐걱―

호리와 소녀가 탄 배는 항주성의 시끌벅적한 저잣거리 사이의 운하를 천천히 흘러갔다.

소녀는 노를 젓는 호리 옆에 앉아 항주성 내를 두리번거리면서 연신 신기한 표정을 지었다.

평생 세상구경을 해보지 못한 사람처럼 저잣거리의 모든 것들로부터 눈을 떼지 못했다.

호리는 혹시 그녀가 거리를 보다가 뭔가 생각나는 것이 있지 않을까 기대를 하고 있었다.

호리는 그녀를 유심히 관찰했지만 무언가를 기억하는 듯한 표정을 발견하지 못했다.

第六章
몽중고수(夢中高手)

一擲乾坤

"오! 이것은 정말 대단한 물건이로군!"

비단전(緋緞廛)의 행두(行頭:지배인)는 호리가 건네준 젖가리개를 한참 동안이나 이리저리 유심히 살피다가 마침내 감탄을 터뜨렸다.

"이떤 종류요?"

소녀가 어떤 신분의 사람인지 대충이라도 알아볼 양으로 그녀의 비단 젖가리개를 들고 비단전으로 찾아온 호리가 궁금한 듯 물었다.

"이것은 색목국(色目國:아라비아)에서 만든 것이오."

“어떤 사람들이 주로 사용하오?”

“이게 얼마짜리인 줄 아시오?”

“글쎄…….”

“웬만한 장원 한 채 값이오.”

“설마…….”

젖가리개 하나가 장원 한 채 값이라니, 호리는 어림도 없다는 표정을 지었다.

“여길 보시오. 이게 뭔지 아시오?”

행두는 젖가리개 연결 부위와 위아래에 빼곡하게 수없이 박혀 있는 크고 작은 형형색색의 보석들을 가리켰다.

“이것은 금강석(金剛石:다이아몬드)이고, 이것은 녹강옥석(綠鋼玉石:사파이어), 그리고 이것은 홍강옥석(紅鋼玉石:루비)이고, 또 이것은 묘안석(猫眼石)이오. 또한 뒤쪽 연결 고리는 흑진주로 만들었고, 게다가 모든 바느질을 천봉금사(天鳳金絲)로 박았소.”

호리는 처음에 젖가리개를 보았을 때 웬 구슬들을 잔뜩 박아놓았는지 여자들 취미는 참 요상하다고만 생각했었지, 그것들이 한 번도 본 적이 없는 진귀한 보석들일 줄은 꿈에도 상상하지 못했었다.

“장원 한 채를 가슴에 얹고 다닐 만한 여자들이 과연 누구겠소? 맞춰보시오.”

흥분을 감추지 못한 행두가 재미있다는 듯한 표정을 지으면서 문제를 냈다.

"부호 가문의 여자들이겠군."

"틀렸소. 이것은 비단 비쌀 뿐만 아니라 특별한 경로가 없으면 구할 수도 없는 진귀한 물건이오. 그러니까 돈만 많다고 가슴에 차고 다닐 수 있는 게 아니라는 뜻이오."

호리의 놀라움이 더 커졌다.

"이런 것을 가슴에 두를 수 있는 복을 타고난 여자는 아마도 황족이거나 고관대작, 아니면 천하를 쥐락펴락할 정도의 거부의 아내나 첩, 딸들뿐일 것이오."

문득 행두는 호리에게 얼굴을 바짝 들이밀면서 은근슬쩍 물었다.

"이것을 내게 팔겠소? 금화 백 냥 내겠소."

그는 생긴 것이 영락없는 은근짜 같았는데 과연 생긴 대로 놀고 있었다.

그의 얼굴에는 기대와 탐욕이 노골적으로 드러나 있었다. 그렇지만 남이 가슴에 차고 있던 젖가리개를 사려 하다니, 호리는 조금 어이가 없었다. 그러나 주인이 있는 물건을 함부로 팔 수는 없었다.

탁!

호리는 행두의 손에서 젖가리개를 낚아채고는 즉시 찬바

람이 일도록 비단전을 나섰다.

뒤에서 행두가 불이라도 난 것처럼 허겁지겁 뒤따라 나오며 다급히 소리쳤다.

"백오십 냥! 아니, 삼백 냥 내겠소!"

배로 돌아가는 호리는 머리가 혼란스러웠다. 소녀의 신분을 추측해 보려는 생각이었는데 추측은커녕 더 복잡해진 것만 같았다.

행두가 젖가리개의 가치를 장원 한 채라고 말한 것은 혹시 그것을 호리로부터 사들이게 될 때를 대비해서 아주 적게 부른 안배였었다.

번듯한 장원 한 채 값은 잘해야 금화 백 냥 안팎이다. 행두가 삼백 냥을 불렀으니 이 젖가리개는 무려 장원 세 채 값이라는 것이다.

호리가 젖가리개를 품속에 아무렇게나 쑤셔 넣으면서 계단을 따라 운하로 내려가고 있을 때 그곳까지 따라온 행두가 결사적으로 외쳤다.

"오백 냥! 그 이상은 안 되오!"

그는 호리가 돌아선 것이 값을 올리려는 얄팍한 술수라고 판단한 것 같았다.

호리는 돌계단 아래 말뚝에 묶어놓은 줄을 풀자마자 배에 올라 부지런히 노를 저었다.

후갑판에 서서 운하에서 오가는 배들과 거리를 구경하느라 여념이 없던 소녀가 호리를 발견하고는 반가운 표정으로 미소를 지어 보였다.

꽃봉오리가 갑자기 활짝 펴지면서 만개하는 듯한 눈부시게 아름다운 미소였다.

그녀의 미소를 보고 호리는 문득 묘한 기분에 사로잡혔다. 마치 볼일을 마치고 집에 돌아오자 집을 지키고 있던 아내나 누이가 반갑게 맞이할 때의 그런 기분이었다.

옛날에 사부와 외출했다가 돌아오면 사모님과 사매가 지금 이 소녀처럼 환한 미소로 맞이해 주었었다.

"이봐! 너 그 물건 훔친 것이지? 관아에 발고하기 전에 좋은 말로 할 때 나한테 넘기는 게 좋을 것이다!"

행두가 운하 위 거리에서 배와 같은 속도로 죽어라고 달리면서 윽박질렀다.

귀찮아진 호리는 인상을 슬쩍 쓰더니 운하가 네 갈래로 합쳐지는 곳에서 갑자기 배를 왼쪽으로 확 꺾어 행두의 시야에서 유유히 사라졌다.

그러다 보니 배는 어느덧 운하를 벗어나 항주성을 세로로 가로지르는 세 개의 강 중 하나인 영롱하(玲瓏河)로 들어서고 있었다.

강에는 수십 척의 크고 작은 배들이 분주하게 오가고 있었는데, 바로 그때 그중 한 척이 빠른 속도로 호리의 배를 향해 다가오고 있는 것이 눈에 띄었다.

평범한 배였지만 호리네 배보다 두 배 가까이 컸고, 움집이 없었으며 활짝 펴진 두 개의 돛이 바람을 받아 한껏 부푼 채 쏜살같이 달려왔다.

배에는 사공 두 명과 다섯 명의 장한들이 버티고 서서 호리 쪽을 쏘아보고 있었다.

일순 호리는 불길함을 느꼈다. 저들은 호리 자신에게 당한 자들 중에 누군가가 보낸 청부해결사일지도 모른다는 생각이 퍼뜩 들었다.

그러면서도 어쩌면 장한들의 목표가 자신이 아니라 그냥 스쳐 지나려는 것일지도 모른다고 여겼다.

호리의 진면목을 알고 있는 사람은 친구인 철웅과 은초, 그리고 염복을 비롯한 복사파 패거리뿐이기 때문이었다.

낯선 배는 이미 삼 장까지 접근하고 있었다. 더구나 호리궁을 향해 충돌할 듯이 똑바로 쏘아왔다.

다섯 장한은 철퇴와 연가(連枷:쇠도리깨) 박도 등의 무기를 움켜쥔 채 살기등등한 눈빛으로 호리를 쏘아보았다.

호리는 불길함이 점차 현실로 나타나고 있는 것을 실감했다.

삐걱삐걱!

두 팔이 떨어지도록 노를 저었지만 두 개의 돛을 단 배를 뿌리칠 수는 없었다.

호리궁에도 움집 앞과 뒤에 각각 하나씩의 돛이 있어서 그것을 펼치기만 하면 쾌속선이 되어 어떤 배도 따라올 수 없지만, 지금은 돛을 펼칠 여유가 없었다.

"어서 안으로 들어가서 숨어 있어!"

호리는 노를 놓는 것과 동시에 소녀를 움집 쪽으로 떠밀며 소리쳤다.

그러나 소녀는 떠밀려 가는 듯하다가는 움집 입구에 멈춰서서 어리둥절한 표정을 지었다. 호리의 말을 이해하지 못한 것 같았다.

그러나 호리는 그녀에게 신경을 쓸 여유가 없었다.

"네놈이 호리냐?"

배가 일 장 가까이 다가왔을 때 다섯 장한 중에 한 명이 수중의 박도를 들어 올려 호리를 가리키면서 우악스럽게 외쳐 물었다.

호리는 움찔 가볍게 놀랐다. 대체 이자들이 어떻게 자신을 알고 있는 것인가.

"아니오! 사람을 잘못 봤소!"

어쨌든 그는 버틸 수 있는 데까지 버텨보기로 했다. 이들이 제대로 알지도 못하고 대충 찍어보는 것일 수도 있다는 생각이 든 것이다.

"네놈이 복사파 염복 밑에 있는 호리라는 사기꾼이라는 사실을 다 알고 왔는데도 발뺌이냐?"

결국 호리의 불안이 적중하고 말았다.

이들이 어떤 경로로 누구를 통했는지는 모르지만, 이놈들은 제대로 알고 온 것이다.

호리는 이곳 영롱하를 그저 지나가는 중이었다. 그런데도 이놈들이 정확하게 찾아온 것을 보면 누군가가 콕 찍어주지 않고서는 불가능한 일이었다.

휙! 휘익!

두 대의 배가 닿을 듯이 가까워지자 다섯 장한이 몸을 날려 순식간에 호리궁의 뒤쪽 갑판에 내려서 작은 배가 크게 흔들렸다.

후갑판은 폭이 여섯 자에 길이가 일 장으로 호리가 혼자 활동하기에는 충분하지만, 호리와 소녀를 비롯한 다섯 장한까지 합쳐서 일곱 명은 서 있기에도 비좁았다.

더구나 노를 젓지도 않고 멈춰 선 배가 물결을 따라 이리저리 흔들리고 있어서 자칫 균형을 잃기라도 하면 강에 빠지기 십상이었다.

호리는 재빨리 눈동자를 굴려 장한들을 살펴보았다.

하나같이 두억시니처럼 험상궂게 생겼으며 항주성에서는

본 적이 없는 낯선 얼굴들이었다.

돌아가는 상황으로 미루어 싸움은 불가피할 것 같았다.

호리는 어떻게 싸워야 할 것인지 내심 빠르게 계산을 하다가 결국 낯빛이 흐려지고 말았다.

한꺼번에 다섯 명씩이나 당해낼 자신이 없었다.

게다가 문제는 놈들이 하나같이 무기를 지니고 있다는 사실이었다.

주먹이나 발길질과는 달리 무기는 사지를 자르고 몸뚱이를 베고 찌르며, 결국에는 목숨을 빼앗는다.

이 궁리 저 궁리 하다가 결국 안 되겠다 싶어진 호리는 결국 여차 하는 순간 강물로 뛰어들어 헤엄쳐서 도망칠 말계(末計)를 궁리해 냈다. 헤엄이라면 자신 있는 그였다.

다행히 이놈들이 호리궁을 놔두고 곱게 물러간다면 나중에 찾아도 될 것이지만, 최악의 경우 뺏긴다고 해도 어쩔 수가 없는 일이었다. 호리궁이 소중하긴 하지만 목숨과는 바꿀 수 없다.

또한 소녀를 혼자 놔두는 것이 마음에 걸리긴 하지만 별일은 없을 것이라고 여겼다.

그렇지만 이놈들이 소녀를 끌고 가거나 해코지를 한다고 해도 그것 역시 어쩔 수 없는 일이었다.

죽어가는 소녀를 구하고 치료해 준 것만으로도 이미 넘치도록 베풀었다.

호리궁까지 포기하는 마당에 소녀라고 포기하지 못할 호리가 아니었다.

문득 호리는 무심코 힐끗 소녀를 쳐다보았다.

그녀는 움집 입구에 선 채 호리가 자신을 쳐다보기 전부터 말없이 그를 바라보고 있었는데, 예의 백치 같은 몽롱한 눈빛이었다.

그녀의 눈빛은 마치 호리가 자신을 놔두고 도망치려 한다는 사실을 이미 알고 있는 듯한 것이었다.

그 눈빛 때문에 호리는 마음 한구석이 찌르르하며 조금 미안한 생각이 들었다.

바로 그때 갑자기 다섯 장한이 호리를 한가운데 두고 빙 둘러 포위를 해버렸다.

호리가 강에 뛰어들어 도망치는 것을 미연에 방지하려는 행동 같았는데, 그들 입장에서 본다면 참으로 시기적절했다.

그제야 호리는 아차 싶었다.

'이런…….'

생각이 떠올랐을 때 곧장 결행했어야 하는데 마지막 순간에 소녀를 쳐다보느라 잠깐 지체한 것이 실수였다.

"호리 이놈! 우린 감상택 감 대인의 부탁으로 네놈의 모가지를 가지러 왔다! 설마 감 대인을 모른다고 잡아떼지는 않겠지? 저승길 어렵게 가려 하지 말고 목을 곱게 늘어뜨리는 편이 고통이 덜할 것이다!"

우두머리인 듯한 박도를 쥔 자가 점잖은 어조로 호리가 죽어야 하는 이유를 설명해 주었다.

실력이 없는 건달들이 그저 험악하게 인상만 쓰고 엄포만 놓는 것에 반해서 이들은 자못 격이 다른 것 같았다.

감상택은 호리가 생아편 은자 천오백 냥어치를 사기 친 인물이다.

그는 다음을 기약하자면서 흑작편이라는 최상급의 아편까지 선물로 주었었다. 그런데 사기를 당했으니 얼마나 억울하고 울화가 치밀었겠는가.

호리의 눈동자가 빠르게 다섯 장한을 훑었다.

얼핏 보기에도 하나같이 밑바닥에서 굴러먹던 보통의 건달들이 아닌 듯했다. 못해도 염복의 열두 명의 수하 정도 수준은 될 것 같았다.

호리가 마음먹고 사문의 권각술인 백조비무격을 전개한다년 두 녕 성노는 때려눕힐 수 있을 듯했다.

운이 따라준다거나, 급습을 가한다면 세 명까지도 가능할는지 모른다.

생각은 짧고 행동은 더 짧았다.

목표는 가장 가까이에 있는 좌우 두 놈.

슈욱!

타앗!

호리는 왼쪽 약간 뒤쪽에 있는 장한의 얼굴을 향해 왼쪽 어깨를 뒤로 확 젖히면서 왼 주먹 손등을 맹렬히 뿌렸다.

그와 동시에 오른발 발끝으로 오른쪽 장한의 정강이를 빠르게 걷어차 갔다.

죽거나 뼈가 부러지도록 강하게 공격하지 않아도 되고, 그저 강물에 빠뜨리기만 해도 된다는 것이 지금의 호리에게 유일한 방법이고 위안이었다.

파앗!

"억!"

그러나 왼 주먹은 실패하고 말았다.

왼쪽의 장한은 두 자 앞에서 갑자기 쏜살같이 쏘아오는 호리의 주먹을 급히 어깨를 비틀어 피했고, 간발의 차이로 주먹은 그자의 귓등을 스쳤다.

평범한 건달이었다면 그 일권을 피하지 못하고 콧등이 깨졌을 것인데, 과연 호리의 예상대로 이들은 호락호락한 자들이 아니었다.

팍!

그러나 호리의 오른 발끝은 오른쪽 장한의 정강이에 정확하게 꽂혔다.

그러나 그자는 상체가 뒤로 기우뚱한 자세로 엉거주춤 주
저앉으면서 엉겁결에 난간을 잡으며 강에 빠지지 않으려고
버텼다.

그자가 강에 빠지지 않는다면 이 역시 실패로 끝날 수밖에
없을 것이다.

쉬익!

휘잉!

그때 정강이를 가격당한 장한을 제외한 네 놈이 일제히 호
리를 향해 맹렬하게 무기를 휘둘러 왔다.

불운하게도 호리의 예상이 적중했다.

그들의 공격은 되는대로 아무렇게나 휘두르는 조잡한 것
이 아니라 각각의 공격 방향이 정확하게 정해져 있는 잘 짜여
지고 훈련된 공격이었다.

그들의 공격 중에서 하나만 제대로 적중돼도 팔다리가 잘
라지거나 중상, 아니면 목숨을 잃을 것이 분명했다.

고로 이놈들은 결코 시정잡배들이 아닌 것이다. 감상택은
호리에게 겁을 주려는 것이 아니라 징밀 그의 목을 원하고 있
었다. 그만큼 그는 호리에게 원한이 맺혀 있다는 뜻이었다.

호리는 재빨리 무릎을 굽히면서 거의 주저앉는 듯한 자세
를 취했다.

서 있으면 공격당할 부위가 많지만 몸을 최대한 굽히면 위

험이 절반 이하로 줄어든다.

인간의 급소는 거의 상체에 있다. 그러므로 누구든지 상체를 먼저 공격한다.

일촉즉발의 순간에도 호리가 다급히 주저앉는 자세를 취한 것은 세 가지 목적 때문이었다.

네 명의 공격을 한꺼번에 피하고, 방금 전에 정강이를 가격당한 채 주저앉은 놈을 밀어서 강에 빠뜨리는 것과 동시에, 앉았던 자세에서 화살처럼 튕겨 일어나 쏘아나가면서 정면의 한 놈을 작살내기 위해서였다.

휘익! 쉬익!

호리의 첫 번째 목적이 성공했다. 그의 상체만을 노렸던 네 놈의 무기들이 날카로운 바람 소리를 내며 그의 머리 위를 어지럽게 스쳐 지나갔다.

그리고 정강이를 맞아 인상을 쓰면서 주저앉았던 놈의 얼굴이 호리의 얼굴과 같은 높이가 되자 어? 하고 놀라는 표정을 지으면서 쳐다봤다.

탁!

"악!"

다음 순간 호리가 그놈의 콧등을 주먹으로 짧게 끊어서 가격하자 그놈은 두 손으로 코를 감싸 쥐면서 상체가 뒤로 벌렁 자빠져 난간 밖으로 넘어갔다.

타앗!

그놈이 강물에 빠지기도 전에 호리는 잔뜩 힘을 모으고 있
던 두 발을 움츠리고 있던 개구리가 도약을 하듯, 한순간 쭉
뻗는 것과 동시에 상체를 일으키면서 정면의 철퇴를 쥐고 있
는 놈을 향해 벼락같이 덮쳐 갔다.

정면의 놈은 방금 막 철퇴를 후려친 직후라서 아직 자세를
잡지 못한 상태였다.

그래서 자신을 향해 쏘아오는 호리를 뻔히 보면서도 얼굴
에 놀라움을 떠올릴 뿐 어쩌지를 못했다.

지끈!

"끄악!"

호리의 머리가 여지없이 그놈의 입과 콧등을 동시에 짓뭉
개 버렸다.

그놈은 앞니가 우수수 부러지고 코가 짓이겨져서 피를 뿌
리며 뒤로 튕겨지면서 바로 뒤 두 자 거리에 서 있던 소녀에
게 부딪쳐 갔다.

워낙 삽삭스럽고, 또 빠르게 부딪쳐 가는 터라 누가 보더라
도 소녀로서는 피할 수 없는 상황이었다.

꿍!

그러나 소녀가 구름 위를 미끄러지듯이 스르르 옆으로 비
켜서자 그놈은 움집 지붕, 즉 철판의 날카로운 끝부분에 뒤통

수를 거세게 부딪쳤다.

소녀가 피하는 동작은 매우 민첩해서 만약 누군가 봤다면 적잖이 놀랐겠지만, 아무도 보지 못했다.

호리가 순식간에 두 명을 처치하자 세 장한은 가볍게 놀라는 표정을 지었다.

사실 그들은 자신들의 쟁쟁한 실력과 다수라는 사실을 믿고 호리를 잠시 얕봤었다.

그러다가 이 지경이 되자 더 이상 호리를 만만하게 여길 수가 없게 되었다.

그들은 자못 긴장한 얼굴로 세 방향에서 엄밀하게 포위한 채 천천히 한쪽 방향으로 회전하면서 공격의 기회를 엿보았다.

호리가 선공을 하여 두 놈을 처치한 것이 그들의 경각심을 불러일으켰기 때문에 어찌 보면 불리하게 작용을 한 것 같기도 했다.

호리는 지그시 어금니를 악물었다. 이렇게 된 이상 죽든 살든 한번 해볼 수밖에 없었다.

평소 호리가 사기를 치는 이유는 오직 하나, 큰돈을 벌 수 있기 때문이다.

그렇지만 그는 선량한 사람을 상대로 사기 쳤던 적은 한 번도 없었다.

그가 목표로 삼은 자들은 하나같이 나쁜 방법으로 부자가 됐거나 백성들을 등쳐 먹는 자들뿐이었다.

또한 사기를 친다고 해서 호리의 성품이 비열하거나 겁이 많은 것은 아니다.

오히려 그는 누구보다도 강직하고 용감한 성격의 소유자였다. 다만 그는 자신의 목표를 위해서 교활한 수단과 방법을 사용하고 있을 뿐이었다.

사기를 치다가 일이 잘못 틀어져서 지금처럼 위험한 상황에 처하게 될 때면, 그는 스스로 생각해도 놀라울 만큼 용감하게 돌변하여 난관을 헤쳐 나갔었다.

친구인 철웅과 은초도 그의 대담무쌍함에는 혀를 내두를 정도였다.

지금이 바로 그런 상황이었다.

휘잉!

그때 전면에 서 있던 박도를 쥔 자가 전력으로 호리의 머리를 쪼개어왔다.

그와 동시에 호리의 약간 뒤쪽으로 처진 좌우에 있는 두 놈이 각각 낫과 도끼를 맹렬하게 휘두르며 덮쳐 왔다.

박도는 호리의 머리를, 낫은 옆구리, 도끼는 어깨를 각각 노리고 날카롭고도 위력적으로 세 방향에서 쏘아왔다.

호리는 보법 같은 것을 배운 적이 없다. 그가 배운 것은 소정심법과 백조비무격뿐이다.

그러니 이런 상황에서 살아남으려면 미친 듯이 몸을 움직여야만 할 것이다.

그가 숲 속에서 수련을 한 것은 권각술만이 아니다. 싸움에는 공격과 방어가 공존하기 때문에 위기 상황에서 살아남으려는 그가 공격만 수련했을 리는 없다.

그러나 지금의 상황은 최악이었다. 한 놈만 상대하기에도 벅찬데 한꺼번에 세 명인 것이다. 더구나 호리가 여태껏 상대했던 평범한 건달이 아니었다.

눈 한 번 깜빡이며 여차 실수하는 순간에 이승과 저승이 갈리는 판국이다.

호리와 세 장한과의 거리는 불과 반 장 남짓.

눈으로 보고 피하려고 하면 이미 늦다.

이런 상황에서는 본능과 반사 신경에 몸을, 그리고 생사를 맡겨야만 한다.

위잉!

부웅!

호리는 상체를 왼쪽으로 쓰러질 듯이 피하는 것으로 정면에서의 박도와 우측 후미에서의 도끼를 동시에 피했다.

박도가 귓전을, 도끼가 어깨를 아슬아슬 스치는 파공음이 귀신의 울음소리처럼 호리의 고막을 울렸다.

그런데 호리는 박도와 도끼를 피하려고 왼쪽으로 쓰러지는 동작을 취하는 바람에 자신의 옆구리를 그어오는 왼쪽의 낫 쪽으로 오히려 바짝 다가드는 꼴이 되고 말았다.

더구나 거의 기우뚱 쓰러지다시피 하는 상황이라서 어떻게 해볼 재간이 없었다.

그는 낫이 자신의 옆구리를 벨 것이라고 판단했다.

그러나 곱게 당할 수만은 없었다. 옆구리가 베어지는 것 이상의 대가를 얻어내야만 한다.

한 놈이라도 쓰러뜨려야만 생존할 확률이 높아진다.

호리는 이대로 죽을 수가 없었다. 온몸이 만신창이가 되더라도 기필코 살아남아야만 한다.

그는 낫을 쥔 놈에게 쓰러져 가면서 상체를 그놈 쪽으로 재빨리 비트는 것과 동시에 오른 주먹에 힘을 실어 아래에서 위로 번개같이 턱을 올려쳤다.

슈욱!

가지에 앉아 있던 매가 창공으로 비상하며 부리로 먹이를 쫀다는 백조비무격 중에 응비취탁(鷹飛嘴啄)의 권법이다.

호리의 공격하는 동작은 그리 크거나 화려하지 않다.

그는 내공이 없는 대신 백조비무격을 수백만 번 수련했기 때문에 제 나름대로 불필요한 동작을 없애고 가장 간명하면서도 효과적인 공격 수법을 재창조해 냈다.

더구나 백조비무격은 원래 상대를 현혹시키는 허초(虛招)
는 없고, 전부 진초(眞招)로만 이루어졌다.

그것을 호리가 더욱 간명한 동작으로 다듬은 것이다. 그래
서 동작은 작은 것에 반해서 효과는 크다.

그런데 지금의 절망적인 상황에서 작은 기적이 일어났다.

호리가 박도와 도끼를 피하면서 어쩔 수 없이 낫 쪽으로 바
짝 다가간 것이 오히려 낫의 공격을 차단하는 결과를 가져온
것이었다.

낫은 원래 호리의 왼쪽 옆구리를 겨냥하여 베어왔다.

낫으로 공격하는 놈이 최초에 호리를 공격할 때의 거리는
반 장 정도였다.

그래서 그놈은 거리를 좁히기 위해서 호리에게 몸을 날리
면서 오른쪽에서 왼쪽 수평으로 낫을 휘둘렀다.

그런데 호리가 그놈에게 바짝 다가드는 과정에 거리가 반
장에서 두 자로 확 좁혀진 것이다.

그 결과 낫은 처음에 겨냥했던 옆구리가 아니라 허공을 벨
수밖에 없게 되었고, 낫을 쥔 손이 호리의 등을 때리게 되고
만 것이다.

쩍!

"컥!"

순간 호리의 주먹이 낫을 쥔 놈의 턱을 아래에서 위로 짧게

올려쳤다.

짧지만 나무와 바위를 두드리면서 단련시켰기에 돌덩이처럼 굳은살이 박힌 주먹이다.

그놈은 턱이 박살난 상태에서 고개가 뒤로 덜컥 젖혀지며 두 발이 바닥에서 한 자가량 떠올랐다.

쉬익! 휘잉!

그 순간 박도와 도끼가 재차 호리의 뒤통수와 목을 향해 엇갈려서 비스듬히 그어져 왔다.

호리는 돌아보지 않고서도 박도와 도끼가 자신의 머리와 등을 공격한다는 사실을 감지했다.

그러나 돌아볼 여유도, 피할 여유도 없었다.

그렇지만 호리는 포기하지 않았다. 포기할 수가 없었다. 그러기에는 너무 억울했다.

살아생전에 사부의 소원을 풀어드리고 싶었다.

오래전, 사부는 아내가 죽은 후 한동안 술에 절어서 지낸 적이 있었는데, 그때 그는 취중에 평생소원이 자신의 무도관에서 제자들을 가르쳐 보는 것이라고 말했었다.

물론 그는 그 다음날 술이 깬 후 자신이 한 말을 기억하지 못했었다.

'사부님!'

호리는 속으로 부르짖고는 자세를 낮추는 것과 동시에 박도를 쥔 자 쪽으로 힘껏 몸을 굴렸다.

두 놈이 몸을 날려서 공격하면 두 발이 허공에 뜨게 될 것이라고 순간적으로 판단한 것이다.

그리고 그의 판단은 이번에도 운 좋게 적중했다. 그는 빠르게 데구르르 굴러서 박도를 쥔 놈의 발밑을 지나 소녀의 발 앞에까지 이르렀다.

그는 재빨리 튕겨 일어나면 박도를 쥔 자의 배후를 공격할 수 있을 것이라고 생각했다.

순간 그는 펄쩍 몸을 일으키면서 주먹을 뻗으려다가 움찔 몸이 굳어버렸다.

이번에는 호리가 박도를 쥔 자를 얕본 것이다.

그놈은 호리가 자신의 발밑으로 몸을 굴려 피하는 순간, 허공에서 재빨리 상체를 비트는 것과 동시에 뒤를 향해 맹렬하게 수평으로 박도를 휘둘렀다.

박도를 허공을 향해 그어대는 것이지만, 호리가 튕겨 일어나면서 자신의 등 뒤를 공격할 것이라는 사실을 미리 예상하고 취한 반격이었다.

그렇게 되면 박도는 정확하게 호리의 목을 뎅겅 베어버리고 말 것이다.

패액!

호리는 몸을 일으킨 상태에서 자신의 목을 향해 수평으로

그어져 오는 박도를 눈을 부릅뜨고 쳐다볼 뿐 어떻게 해볼 재
간이 없었다.

그 순간 뒤쪽에서 두 개의 손이 빠르게 뻗어와 호리의 양쪽
겨드랑이 사이로 비집고 들어왔다.

호리는 순간적으로 그 손이 소녀의 손이라는 사실을 깨달
았다. 그의 뒤에는 소녀밖에 없었다.

그래서 그녀가 무서움에 질린 나머지 호리 자신을 뒤에서
껴안는 것이라고 생각했다.

그런 생각을 할 때 소녀의 두 손이 호리의 가슴을 살며시
안으면서 풍만한 젖가슴이 등에 느껴졌다.

호리는 소녀가 바보 같다는 생각을 했다. 떨어져 있으면 안
전할 것을 자신과 붙는 바람에 한꺼번에 도매금으로 죽게 생
긴 것이다.

지금 베어오고 있는 박도는 두 사람의 몸뚱이를 통째로 자
르고도 남음이 있을 정도로 위력적이었다.

“……!”

그 순간 호리는 어리둥절한 표정을 짓고 말았다. 몸이 마치
구름 위에 올라탄 것 같은 기분이 든 것이다.

그런가 싶었는데 다음 순간 몸이 빙그르르 회전을 했다. 약
간 어지러웠다.

그 와중에 박도와 도끼를 쥔 두 놈이 크게 놀라는 얼굴로

호리 자신을 올려다보고 있는 모습이 이상한 각도에서 잠깐 보였다가 사라졌다.

그리고 다음 순간 호리는 다시 원래처럼 서 있는 자세가 됐고, 등 뒤에서는 소녀가 여전히 두 손을 그의 양 어깨 밑에 낀 채 가슴을 안고 있는 것과 풍만한 젖가슴이 느껴졌다.

"엇?"

그러나 호리는 깜짝 놀라 자신도 모르게 탄성을 터뜨렸다.

그는 원래 움집 입구를 등지고 있는 소녀의 앞에 서 있었는데, 지금은 움집 입구를 마주 바라보는 위치, 즉 노를 젓는 고물 쪽에 서 있게 된 것이었다.

박도를 쥔 놈과 도끼를 쥔 놈은 아직도 움집 앞을 향해 서 있는 자세에서 고개만 호리 쪽으로 돌린 채 만면에 경악지색을 가득 떠올리며 쳐다보고 있었다.

아니, 사실 그들은 소녀를 쳐다보고 있는 것이었다.

호리는 무언가를 직감하고 급히 소녀를 돌아보았다.

자신이 방금 전까지만 해도 움집 앞에 서 있다가 삽시간에 고물 쪽으로 이동한 것이 혹시 그녀로 인한 것이 아닌가 하는 생각이 들었기 때문이다.

소녀를 돌아보던 호리는 그녀의 얼굴 대신 얼굴 높이의 허공으로 둥실 떠오르는 노를 보았다.

그리고 같은 순간 하나의 희고 매끄러운 다리가 곧게 솟아

올라 그 발끝이 노의 끝을 가볍게 툭 차는 것도 보았다.

그 다리는 얼마 전에 호리가 사준 구리돈 닷 냥짜리 무명 바지를 입고 있었다.

윙!

마치 발끝으로 장난을 하듯이 그저 가볍게 툭 찼을 뿐인데, 일 장 길이의 긴 노는 두 놈을 향해 직선으로 쏜살같이 쏘아가는 것 같더니 그들 가까이에 이르러 갑자기 빙글 크게 회전을 했다.

퍽! 퍽!

다음 순간 노의 끝부분이 도끼를 쥔 놈의 머리통을 박살 내더니 연이어 박도를 쥔 놈의 머리까지 박살 내 버렸다.

그것은 실로 순식간에 벌어진 일이었다.

호리는 두 놈의 머리가 잘 익은 수박이 터지는 것처럼 으깨어지면서 피와 누런 뇌수를 허공에 흩뿌리는 광경을 두 눈을 크게 뜨고 쳐다보았다.

두 놈의 머리는 그냥 박살난 것이 아니었다. 머리통이 어깨 위에서 아예 사라져 버린 것이다.

퉁!

첨벙!

노가 바닥에 떨어진 것과 두 놈의 머리 잃은 몸뚱이가 강물에 떨어진 것은 동시였다.

호리는 망연자실한 표정으로 강을 쳐다보았다.

머리를 잃고 즉사한 두 놈의 몸뚱이는 물속으로 빠르게 가라앉고 있었다.

그보다 먼저 턱을 맞은 놈과 정강이를 맞고 강물에 빠진 두 놈은 그 광경을 보고는 미친 듯이 헤엄을 치면서 도망을 치느라 제정신이 아니었다.

그리고 호리가 이마로 얼굴을 짓이긴 놈은 움집 앞바닥에 널브러진 채 혼절해 있었다.

호리는 필경 자신이 지금 꿈을 꾸고 있는 것이라고 생각했다.

그가 마지막 두 놈의 공격을 피하여 바닥에 몸을 굴린 이후부터 벌어진 일은 결코 현실에서는 일어날 수 없는 일이었다.

그러나 소녀의 두 손이 여전히 그의 양쪽 겨드랑이 아래에 끼워진 채 가슴을 부드럽게 안고 있었고, 그녀의 풍만한 젖가슴이 자신의 등에 밀착되어 뭉클하게 느껴지는 이 감촉은 도대체 무엇이라는 말인가.

호리는 정신이 반쯤은 나간 얼굴로 비틀거리면서 소녀에게서 떨어져 그녀를 돌아보았다.

그런데 소녀의 얼굴을 본 호리는 더욱 놀라고 말았다.

그녀가 호리보다 더 놀라는 표정을 짓고 있었기 때문이다.

"어…… 떻게 된 거지?"

호리가 물을 말을 도리어 그녀가 물었다.

"내가…… 도대체 방금 무엇을 한 거지?"

두 가지 물음에 호리는 아무 대답도 해줄 수가 없었다.

문득 그는 소녀가 기억을 잃었다는 사실을 떠올렸다. 그녀는 자신의 행동에 스스로 놀라고 있었다.

그러나 한 가지 사실만은 분명했다.

소녀는 무림고수였다.

第七章
호선(狐仙)

소녀를 물에서 건져 낸 지 아흐레째 되는 날 마침내 기다리던 일거리가 들어왔다.

언제나처럼 은초가 발품을 팔아 항주성 내를 일일이 돌아다니면서 꼼꼼하게 조사한 후에 적당한 일감을 구해 호리에게 알려왔다.

은초가 건네준 종이에는 목표로 삼은 인물에 대한 것과 그의 주변, 가족 상황, 그가 하는 일, 거래 형태 등이 자세하게 빼곡히 기록되어 있었다.

호리는 그것들을 사나흘에 걸쳐서 충분히 숙지한 다음에

서너 가지의 대략적인 계획을 세운다.

그 후에 항주성으로 가서 목표로 삼은 인물을 본격적으로 직접 조사하면서 가장 적합한 계획을 고르고, 또 그것을 구체적인 계획으로 완성시킨다.

현재 호리는 은초의 서찰을 읽은 후 세 가지 계획을 세운 상태였다.

"뭐 기억나는 것이 없어?"

호리궁의 움집 안. 호리와 소녀가 마주 앉아 있었고, 두 사람 사이에는 소녀가 중상을 당한 당시에 입고 있던 옷가지와 젖가리개. 그리고 그녀의 몸에 꽂혔던 스물한 개의 암기들이 가지런히 놓여 있었다.

옷은 완전히 누더기인데다가 피가 말라붙어서 옷인지 걸레인지 분간이 가지 않을 정도였다.

하지만 호리는 그것이 항주성 내에서는 구경하기조차 어려운 최상급의 비단이라는 사실을 어렴풋이 알고 있었다.

그의 깜냥으로도 최상급의 비단옷을 입고, 장원 다섯 채 이상 값어치가 나가는 젖가리개를 하고 있는 소녀라면 필경 대단한 신분일 것 같았다.

그러나 천하는 드넓고 사람은 수천만 명이나 되는데, 대단한 신분이라는 막연한 단서 하나만으로 그녀의 신분을 찾는다는 것은 넓은 백사장에서 바늘 하나를 찾으려는 것이나 다름이 없을 터이다.

게다가 호리는 발 벗고 나서서 소녀의 신분을 찾아줄 만큼 한가한 사람이 아니었다.

소녀는 대답없이 이미 열 번도 넘게 살펴본 물건들을 다시 한 번 차근차근 살펴보았다.

그러는 그녀의 눈빛과 표정은 뭔가를 알아내려는 기색이 역력했다.

자신이 누군지, 어디에서 왔으며, 어쩌다가 죽음의 문턱까지 갔었는지 아무것도 모르는 상태라서 답답하기로 치자면 호리보다 소녀 자신이 더할 터이다.

그러나 한동안 누더기가 된 옷과 암기들을 만지작거리면서 뭔가를 기억해 내려고 애를 쓰던 소녀의 눈빛이 점차 우울하게 변하더니, 마침내 고개를 살래살래 가로저으면서 한숨처럼 중얼거렸다.

"아무것도 모르겠어. 기억이 안 나."

혹시나 하는 심정으로 조금이나마 기대를 하고 있던 호리의 표정도 덩달아서 흐려졌다.

잠시 침묵이 흘렀다.

두 사람 다 각각의 생각을 하고 있는 듯했다.

소녀가 조심스럽게 호리의 표정을 살피더니 입을 열었다.

"나…… 쫓아낼 거야?"

"응."

호리는 침묵이 길어지자 이번에 들어온 일거리에 대한 구상에 골몰하다가 그저 건성으로 고개를 끄덕였다.

소녀는 눈을 조금 크게 뜨고 놀라는 표정으로 호리를 바라보았다. 그런 그녀의 눈빛과 표정은 복잡했다.

"여러 가지로 고마웠어."

소녀는 무릎을 꿇고 앉아 두 손으로 바닥을 짚고 호리를 향해 나부시 고개를 숙였다. 작은 동작이었지만 기품이 깃들어 있는 예절이었다.

호리는 팔꿈치를 무릎에 대고, 그 손으로 턱을 괸 채 조금 전보다 더 깊은 생각에 잠겨 있느라 소녀가 무슨 말을 하는지 전혀 알지 못했다.

소녀는 고개를 들고 잠시 더 호리를 바라보다가 바닥에 놓여 있는 누더기 옷과 암기들을 챙겨 들고 슬며시 일어나 움집 밖으로 나갔다.

그녀가 나간 후 반 각쯤 더 생각에 잠겨 있던 호리는 가볍게 고개를 끄덕이며 고개를 들었다.

"됐어. 그렇게 하는 것도 하나의 방법이겠군."

그는 움집 안에서 소녀가 보이지 않는 것에 대해서 그다지 신경을 쓰지 않았다. 아마도 심심해서 움집 밖에 나갔거니 여졌다.

조금 늦은 아침을 해 먹은 후 소녀를 치료해 주고 나서 항주성에 다녀와야겠다고 생각한 호리는 작은 솥에 쌀을 퍼 담아 움집 뒷문으로 나왔다.

화덕에 불을 피워 솥을 올려놓은 후 고깃국을 끓이려고 재료를 가지러 다시 움집 안으로 들어가다가 비로소 소녀가 후갑판에 없었다는 사실을 깨달았다.

호리는 배의 상갑판으로 나가보았으나 그곳에도 소녀의 모습은 보이지 않았다.

소녀가 배에 없는 것만은 분명했다. 그는 의아한 표정으로 주위를 두리번거렸다.

배는 울창한 갈대숲 속의 물에 떠 있는 상태라 소녀가 갈 만한 곳은 없었다.

문득 호리의 시선이 뭍으로 향했다. 배의 이물 끝에서 뭍까지의 거리는 무려 삼 장이나 됐다.

그러니 소녀가 그 넓은 거리를 건너뛰었을 리는 없을 것이라고 생각했다.

막 몸을 돌리려던 호리는 문득 어제 영롱하의 배 위에서 다섯 장한들의 습격을 받았을 때 소녀가 보여주었던 신출귀몰한 솜씨를 기억해 내고 뚝 동작을 멈추었다.

어떤 수법을 썼는지는 모르지만, 그녀는 호리 뒤에서 그의 양 겨드랑이에 두 손을 찔러 넣은 상태에서 허공으로 날아올라 한 바퀴 돌고는 눈 깜짝할 사이에 반대편 고물 쪽에 내려섰었다.

그리고는 발끝으로 노를 슬쩍 차올려서 장한 두 놈의 머리통을 너무도 간단하게 박살 내버렸었다.

호리는 지난 삼 년여 동안 항주성에서 숱한 위험을 경험하면서 별별 광경들을 두루 봤었지만 사람의 머리통이 박살나는 끔찍한 광경은 처음 목격했다. 그것도 바로 눈앞에서.

그런데 소녀는 매우 익숙하고도 태연하게 두 놈의 머리통을 박살 냈으며 외눈 하나 까딱하지 않았다.

호리는 소녀 덕분에 목숨을 건지기는 했지만, 놀라움과 충격이 너무 커서 미처 고맙다는 말을 아직까지 한마디 하지 못한 상태였다.

호리는 묵묵히 배의 이물과 뭍을 번갈아 쳐다보았다. 어쩌면 배에서 뭍까지의 삼 장 거리를 소녀가 정말로 건너뛰었을지도 모른다는 생각이 들었다.

호리의 상식으로는 사람이 한 번에 삼 장씩이나 도약한다는 것은 말도 되지 않는 일이었다.

그렇지만 어제 소녀가 보여주었던 일련의 행동은 말이 되는 것이었던가?

결국 그는 소녀가 뭍에 올라 숲 속으로 갔을 가능성이 크다고 생각하기에 이르렀다.

그는 즉시 배를 몰아 뭍에 댄 후 숲 속으로 들어가 사방을 두리번거리면서 소녀를 소리쳐 부르려다가 이내 씁쓸한 표정을 지었다.

그녀의 이름조차 모르니 뭐라고 불러야 할지 몰라서였다.

"야! 어디에 있니?"

호리는 일단 그렇게 부르면서 숲 속 이곳저곳을 찾아다녔다.

늦은 아침의 숲 속은 새들이 우짖는 소리와 낙엽이 떨어지는 소리, 그리고 호리가 걸음을 옮길 때마다 발밑에 밟히는 낙엽 소리뿐이었다.

"야!"

그리고 이따금씩 터져 나오는 호리의 외침.

호리는 숲 속을 헤매면서 소녀가 왜 아무 말도 없이 사라져 버렸는지에 대해서 곰곰이 생각해 보았지만 아무런 추측조차 할 수가 없었다. 아무리 생각해 봐도 그녀가 갑자기 사라질 이유가 없었다.

"야!"

소리치는 동안 그는 어느덧 울창한 숲 속에 위치한 아담한 공터에 이르러 있었다.

그곳 공터의 바닥은 다른 곳과는 달리 풀도 낙엽도 없는 맨

땅이었으며, 여기저기 땅이 푹푹 파였고, 무수한 발자국들이
찍혀 있었다.

또한 공터 주변에 서 있는 나무들은 성한 것들이 한 그루도
없었다.

죄다 부러지거나 껍질이 뜯겨 나가든가 움푹움푹 패이고
꺾여진 모습이었다.

바로 이곳이 호리가 권각술 백조비무격을 수련하는 장소
였다.

수백 번도 더 왔던 장소라서 자신도 모르게 발길이 이곳에
이른 호리였다.

그는 공터를 벗어나면서 주변을 두리번거리며 다시 소녀
를 불렀다.

"야!"

"지금 날 찾고 있는 거야?"

"엇?"

느닷없이 바로 뒤에서 들려온 목소리에 움찔 놀란 호리는
낮은 비명을 지르고 말았다.

평소에 겁이라고는 도통 모르는 호리지만, 아무도 없는 숲
속에서 넋을 놓고 있던 중이라서 놀라고 만 것이다.

놀란 그가 황급히 뒤돌아보니 소녀가 그곳에 우두커니 서
있었다.

　도대체 언제 어떻게 나타났는지 모르지만 실로 귀신이 따로 없었다.

　그러나 호리가 소녀에 대해서 신비하고, 또 놀랍게 여기는 점이 한두 가지가 아닌 상태에서 하나가 더 추가되는 것은 그리 새삼스러운 일이 아니었다.

　문득 호리는 소녀의 표정이 매우 쓸쓸한 것을 발견했다.

　"너 왜 아무 말 없이 사라진 거야?"

　그는 말을 잘 듣지 않는 어린 누이동생을 꾸짖듯 짐짓 엄하게 힐문했다.

　"날 쫓아낸다고 그랬잖아."

　소녀의 얼굴에 떠오른 쓸쓸함이 더욱 짙어졌다.

　"내가 언제 그랬어?"

　"날 쫓아낼 거냐고 물으니까 그렇다고 대답했잖아."

　"설마……."

　"그랬어."

　호리는 자신이 생각에 잠겨 있느라 건성으로 그렇게 대답했을지도 모른다고 생각했다.

　"미안해. 생각에 골몰하느라 네 말을 듣지 못했어."

　호리는 자신이 왜 소녀에게 미안해하는지 이상하게 여기지 않았다.

　그러자 소녀가 반짝 눈을 빛냈다.

그것을 보고 호리는 소녀의 두 눈 속에서 보석이 빛나는 듯한 착각을 잠시 느꼈다.

"무슨 뜻이야? 그럼 날 내쫓지 않을 거야?"

"그래."

"정말이지?"

호리는 필요 이상으로 고개를 크게 끄덕였다.

"그렇다니까."

"정말 기뻐!"

그러자 갑자기 소녀는 호리에게 와락 안겨들면서 두 팔로 그의 목을 끌어안으며 외쳤다.

호리는 가녀리지만 늘씬하고도 풍만한 여체를 온몸으로 느끼면서 자신의 두 손을 어떻게 해야 할지 몰라 놀라면서도 전전긍긍했다.

"고마워… 그리고 앞으로는 잘할게."

소녀는 호리의 어깨에 얼굴을 묻고 나직이 중얼거렸다. 그러는 그녀의 몸이 가늘게 떨리고 있는 것을 느낀 호리는 깜짝 놀랐다.

문득 그녀가 몹시 가련하다는 생각이 들었다.

만약 호리 자신이 소녀와 같은 딱한 상황에 처했다면, 그래서 아무도 돌보지 않으려 해서 방치된다면 어떻게 될 것인지를 생각해 보니 가슴이 답답해졌다.

호리는 천애고아였다.

문전걸식하면서 떠돌던 다섯 살짜리 어린 그를 사부가 거두어 삼 년 전까지 친아들처럼 고이 길러주었다. 또한 사매는 친오빠처럼 따랐었다.

그런데 만약 내가 누군지도, 무엇 때문에 살고 있는지도, 그리고 사부도 사매도, 그들과의 추억조차 전혀 기억하지 못하는 상황이 돼버린다면…….

더 이상은 생각하기 싫었다. 그의 생애에서 사부와 사매를 빼버리면 아무것도 남지 않았다.

"염려 마. 널 버리지는 않을 거야."

호리는 품에 안긴 소녀의 등을 부드럽게 토닥였다.

그는 처음에 물에 빠진 채 죽어가는 소녀를 발견하고는 구할 것인지 말 것인지 몹시 망설였다는 사실과 심지어 그녀를 매우 귀찮게 여겼었다는 사실을 지금 이 순간만은 까맣게 잊고 있었다.

그의 말에 소녀는 더욱 몸을 세차게 떨었다.

호리는 그녀가 장원 다섯 채 값어치의 젖가리개를 하고, 신묘한 무공 실력을 지니고는 있지만, 지금은 그저 갈 곳 없는 가련한 처지의 일개 소녀일 뿐이라고 생각했다.

"그런데 너 이름이 뭐냐?"

호리는 소녀가 얼굴을 묻고 있는 자신의 어깨가 축축해지

는 것을 느끼고는 그녀의 양 어깨를 잡고 품에서 살짝 떼어내
며 물었다.

소녀는 눈물범벅인 얼굴로 말끄러미 호리를 바라보기만
할 뿐 아무 말도 하지 못했다.

'이런 바보 같은……'

호리는 그녀가 기억을 잃었다는 사실을 상기하고는 스스
로를 꾸짖었다.

방금 그는 소녀가 기억을 되찾을 때까지만이라도 함께 지
내기로 결정했다.

그러자면 무엇이든 그녀를 부를 이름이 필요했다. 하다못
해서 풀 한 포기에도 이름이 있거늘, 사람에게 야! 야! 그럴
수는 없는 노릇이었다.

"안 되겠다. 우선 임시로 부를 네 이름부터 하나 짓는 것이
좋겠다."

"뭐라고 지을 건데?"

방금까지만 해도 흐느끼던 소녀가 눈물 젖은 두 눈에 호기
심을 가득 매단 채 종알거렸다.

"네 이름이니까 네가 생각해 봐. 무슨 이름이 좋겠니?"

"네 이름이 호리야?"

어제 소녀는 다섯 장한이 호리를 공격하기 전에 그의 이름
을 부른 것을 기억하고 있었다.

“그래.”

‘호리’ 의 호(狐)는 여우, 리(狸)는 삵. 즉, 살쾡이를 뜻한다. 통상적으로는 소인배라는 뜻인데, 여우처럼 교활하고 삵처럼 비정하다는 속뜻이 있다.

물론 호리가 그런 별명을 얻은 이유는 후자에 속한다.

“물론 본명은 아니겠지?”

소녀는 호리라는 이름에 흥미를 보였다.

“응.”

고아로 떠돌던 호리는 부모나 일가친척에 대한 기억은 조금도 없었는데 자신의 이름만 달랑 기억하고 있었다.

그 이름은 사부와 사매, 그리고 산동성 봉래현 사람들만이 알고 있을 뿐이지, 항주성에서 그의 본명을 알고 있는 사람은 아무도 없었다.

그는 밑바닥에서 더러운 짓으로 돈을 벌면서 자신의 이름을 더럽히고 싶지 않았던 것이다.

호리는 소녀가 혹시 본명을 물을지도 모른다고 생각했다. 그렇더라도 말해주지 않을 것이다. 그러나 그의 생각은 기우에 그쳤다.

“호리, 네가 하나 지어줘. 너처럼 여우 ‘호’ 자가 들어가는 것으로, 응?”

소녀는 기대 어린 표정으로 호리를 빤히 바라보았다.

"좋은 이름이 많은데 왜 하필 여우야?"

호리가 가볍게 어이없는 표정을 짓자 소녀는 해맑은 얼굴을 하고 명랑하게 대답했다.

"이제 우리는 한 가족이잖아. 그러니까 같은 돌림을 쓰는 것은 당연하잖겠어?"

굳이 그런 논리라면 할 말이 없었다.

"어서 지워줘. 예쁜 이름으로."

소녀는 호리의 팔을 잡고는 흔들면서 졸라댔다.

이럴 때의 그녀는 영락없는 아이의 모습이라 어제 보여준 신출귀몰한 솜씨가 어쩌면 착각이었는지도 모른다는 생각마저 들었다.

호리는 그런 모습의 소녀가 몹시 귀엽다는 생각을 하는 한편 여우가 들어가는 예쁜 이름을 궁리해 보았다.

"호선(狐仙)이 어때?"

짝!

"정말 예쁜 이름이야!"

호리가 넌지시 이름 하나를 말하자 소녀는 팔짝 뛰면서 손뼉을 치며 기뻐했다.

"신통력을 지녔다는 그 호선 맞지?"

"그래."

"이제부터 내 이름은 호선이니까 그리 알아!"

“알았어.”

“많이 불러줘야 해.”

“그럴게.”

호리는 돌아가신 사모님에게 글과 학문을 배웠다. 무사인 사부와는 달리 사모님은 학식이 높은 편이라서 그 덕분에 호리는 제법 많은 지식을 쌓을 수 있었다.

‘호선’ 이라는 것은 민간 신앙에서 유래되는 말로, 선술(仙術)을 깨우쳐서 신통력을 지닌 여우를 가리킨다.

만능의 신으로서 상가나 주루, 기루, 전장, 도박장 같은 곳에서 따로 사당을 만들어 신주(神主)로 모시고 있을 정도로 유명했다.

“배고파!”

소녀, 아니, 호선이 노래하듯이 재잘거렸다. 배고프다는 말을 하면서도 얼굴에는 즐거운 표정이 가득했다.

얼마 전까지의 그녀 신분이 무엇이었는지는 모르지만, 지금은 호리와 함께 생활하게 되어서 그저 좋은, 쫓겨나지 않아서 다행스러워하는 소녀일 뿐이었다.

“어머~! 예뻐라! 이건 무슨 꽃이야?”

배로 돌아가는 중에 호선이 낙엽 사이에서 길쭉하게 솟아나와 초롱불을 늘어뜨린 것처럼 핀 예쁜 보라색의 꽃 앞에 앉아 탄성을 터뜨렸다.

"금강등롱(金剛燈籠)."

"금강등롱? 어머? 그리고 보니 정말 초롱불처럼 생겼어!"

호선은 꽃의 아래쪽을 조심스럽게 똑 꺾어서 손에 쥐고 마치 초롱불을 쥐고 밤길을 밝히는 듯한 시늉을 하면서 깡충거리며 앞장섰다.

"내가 불 밝힐 테니 잘 따라와!"

값싼 무명옷을 입고, 가녀리고 늘씬한 몸을 살랑살랑 흔들면서 미풍에 긴 머리카락을 잔물결처럼 날리며 앞서 가는 호선을 바라보는 호리의 입가에 자신도 모르게 빙그레 미소가 떠올랐다.

그런 미소는 사매 연지를 볼 때만 의례히 떠올랐던 것인데, 삼 년이 지난 지금 불현듯 다시 떠올리고 있었다.

금강등롱을 초롱불인 양 밝히고 앞장서서 깡충깡충 뛰어가는 호선.

호리는 그런 그녀의 모습이 장차 자신의 운명을 예시하고 있다는 사실을 꿈에도 깨닫지 못하고 있었다.

움집 안. 호선은 하체의 은밀한 부위에 속곳 하나만 겨우 가린 채 호리 앞에 반듯한 자세로 누워 있었다.

'정말 신기한 일이로군.'

호선의 상처는 어제 아침에 치료할 때보다 조금 더 아물어 있었다.

더구나 암기가 꽂혔던 온몸 스물한 군데 상처의 대부분은 딱지가 거의 다 떨어진 상태인데 흉터조차도 잘 보이지 않을 정도였다.

또한 가장 깊은 상처인 왼쪽 젖가슴 위 검에 찔린 부위에도 검붉은 딱지가 두텁게 앉아 있었다.

이 상태로 회복된다면 사나흘 안에 그 상처마저도 말끔히 나을 것 같았다.

호리는 보면 볼수록 신기한 듯 눈도 깜빡이지 않은 채 상처들을 하나씩 일일이 살피고 쓰다듬으며 관찰을 했다.

그렇지만 아무리 들여다보고 또 머리를 쥐어짜 봐도 상처가 이렇게 빨리 아무는 원인을 알아낼 수가 없었다.

내공이 심후한 고수, 더구나 특수한 신공을 연마한 사람이내, 외상을 입었을 경우 체내의 본신진기가 활발하게 상처를 치료하여 보통 사람의 몇 배 혹은 열 배 이상의 회복 속도를 보인다는 사실을 호리가 알 턱이 없었다.

톡.

호리의 손가락 끝이 떨어질 듯 말 듯한 상처의 딱지 하나를 슬쩍 건드리자 딱지가 가볍게 떨어졌다.

딱지가 떨어진 자리의 희미한 흔적을 호리는 탐구하는 듯한 표정을 지으면서 손가락 끝으로 살살 문질러 보았다.

딱지가 떨어지고 남아 있던 보풀 같은 것들이 부스스 흩어
져 떨어지더니 그 부위가 깨끗해졌다.

호리는 눈을 두어 번 깜빡이던 중에 방금 딱지를 떨어뜨린
상처가 어느 곳인지를 잃어버리고 말았다. 그 정도로 상처 부
위가 말끔했다.

손바닥으로 이리저리 쓰다듬어 보다가 손가락 끝에 미세
하게 까슬거리는 부위를 찾아냈다. 손으로는 겨우 느껴지지
만 눈으로는 보이지 않았다.

그는 그곳을 쓰다듬으면서 더욱 신기한 표정을 지었다.

"어…… 때?"

그때 호선이 작은 소리로 물었다. 그런데 웬일인지 목소리
가 가늘게 떨리고 있었다.

문득 이상한 생각이 든 호리는 허리를 펴면서 자신의 손이
쓰다듬고 있는 부위를 조금 멀찍이서 확인하고는 움찔 몸이
굳어졌다.

속곳 바로 옆 눈부시도록 흰 허벅지가 시작되는 부위에 그
의 손이 놓여 있었다.

손가락 끝이 한 치만 더 나아갔더라도 속곳 위를 만졌을 것
이다.

아니, 어쩌면 지금껏 이리저리 쓰다듬다가 이미 만졌을지
도 모르는 일이다.

호리는 급히 손을 떼고 얼굴이 빨개져서 이마에 맺힌 땀방
울을 훔쳤다.

치료를 하느라 수없이 보고 만진 몸이거늘, 지금 새삼스럽
게 놀라고 당황해하는 이유를 몰랐다.

"으… 응. 이제 다 나았다. 더 치료하지 않아도 되겠어."

호리는 당황함을 감추려고 애쓰면서 손을 저었다.

"그런데… 대체 누가 날 죽이려고 한 걸까?"

호선은 일어날 생각을 하지 않고 누운 채 흑백이 또렷한 눈
을 깜빡이면서 중얼거렸다.

궁금할 것이다. 그것 때문에 죽을 뻔했으며 기억까지 잃었
으니 어찌 궁금하지 않겠는가.

그것은 그렇다고 하더라도, 호선은 호리 앞에 벌거벗은 채
누워 있는 것이 아무렇지도 않은 듯했다.

"글쎄……."

"그놈들을 붙잡기만 하면 내가 누군지 알 수도 있을 것 같
은데……."

호선은 쓸쓸한 얼굴로 말하면서 호리에게 한 손을 뻗었다.
일으켜 달라는 스스럼없는 동작이었다.

그녀는 호리를 깊이 신뢰하고 또 의지하고 있는 것이 분명
했다. 이 넓은 하늘 아래에 자신에게는 호리 한 사람밖에 없
다고 여기는 그녀였다.

그녀에게 호리는 모든 것이었다. 생명의 은인이며 보호자고, 친구이면서 절대적인 존재였다.

"호선아. 그런데 너, 무공을 할 줄 아니?"

호리는 영롱하에서의 일 이후 줄곧 궁금하게 여기고 있던 것을 마침내 조심스럽게 물었다.

"무공?"

"응."

"무림계의 사람들이 하는 것 말이야?"

"그래."

호선은 곰곰이 생각하는 듯하더니 고개를 저었다.

"몰라."

호리의 얼굴에 실망의 기색이 스쳤다. 아마 그녀는 무공을 할 줄 알면서도 무공을 배운 기억이나 어떤 무공을 배웠는지 기억하지 못하는 것 같았다.

"이리 나와봐."

그래도 호리는 포기하지 않고 그녀를 데리고 밖으로 나가 뭍에 올라섰다.

그리고는 그녀를 평평한 곳에 혼자 세워두고는 몇 걸음 뒤로 물러서서 주문했다.

"한번 해봐."

"뭘?"

무공을 한 번 펼쳐 보라는 것이었는데, 그녀가 할 줄 아는 것이 무엇인지 모르니 당최 뭘 해보라고 주문해야 할는지 모르는 호리였다.

"그냥 알고 있는 무공을 아무거나 해봐."

호리는 그녀가 영롱하의 배 위에서 보여주었던, 그리고 아까 배에서 뭍까지의 삼 장 거리를 단숨에 건너뛰었을 것이라고 짐작되는 신기한 경공술을 직접 자신의 눈으로 구경하고 싶었다.

"난 아무것도 몰라. 도대체 뭘 해보라는 거야?"

호선은 두 팔을 벌려 보이면서 어찌할 바를 모르는 듯 약간 울상을 지었다.

하긴, 아무것도 기억하지 못하는 그녀에게 무공을 펼쳐 보라는 것이 무리한 주문일 수도 있었다.

그렇지만 이 정도에서 포기할 호리가 아니다. 그는 잠시 생각하다가 주변을 둘러보았다.

"저 위로 뛰어오를 수 있겠어?"

그는 호선이 등지고 서 있는 한 그루 나무의 가지 하나를 가리켰다. 약 이 장 높이였다.

호리는 자신이 가리켜 놓고서도 지나치게 높다는 생각 때문에 실소를 금치 못했다.

인간이 어떻게 자기 키의 네 배 가까운 높이를 뛰어오를 수 있다는 말인가.

"너무 높으면 그 아래 나뭇가지로……."

호리는 말하면서 시선을 아래로 내리며 호선을 쳐다보다가 움찔 놀라 말을 흐렸다.

그가 시선을 높은 나뭇가지에서 호선에게로 내리고 있는 중에, 무언가 갈색의 흐릿한 물체가 번갯불처럼 수직으로 솟구쳐 올랐기 때문이었다.

가볍게 놀란 그는 급히 위를 쳐다보다가 다음 순간 눈을 휘둥그렇게 뜨고 말았다.

어느새 호선이 나뭇가지 위에 우뚝 올라서 있는 것을 발견했기 때문이다.

그런데 그녀가 올라서 있는 곳은 호리가 방금 전에 가리켰던 나뭇가지가 아니라 그보다 일 장이나 더 높은, 그 나무에서 제일 높은 나뭇가지였다.

더구나 그녀가 딛고 선 발 아래 나뭇가지는 겨우 손가락 굵기였는데, 출렁이지도 않고 미동조차 없었다. 마치 낙엽 하나가 올라서 있는 듯했다.

호리는 불신의 표정으로 그녀를 올려다보았다. 그녀는 지상에서 삼 장 높이의 나뭇가지에 표표히 서 있었다.

날개가 달린 새도 아닌 인간이 어떻게 저렇게 높은 곳을 단숨에 뛰어오르고, 또 미동조차 하지 않은 채 서 있을 수 있는 것인지 실로 불가해한 일이었다.

영롱하에서 호리가 겪었던 일은 결코 꿈이 아닌 현실이었던 것이다.

호선은 무림인이었다. 그것도 호리로서는 짐작조차 하지 못할 정도로 매우 고강한 고수가 분명했다.

호리가 너무 놀라서 아무 말도 못하고 있을 때 호선이 아래를 향해 훌쩍 몸을 날렸다.

호리는 그녀가 자신의 머리 위로 쏜살같이 하강하자 급히 뒤로 물러섰다.

척!

그러나 그녀는 원래 서 있던 자리에 가볍게 내려섰다. 호리가 물러서지 않고 그냥 서 있었더라도 그녀와의 거리는 두 걸음이나 떨어진 상태였을 것이다.

"나 씻고 싶어."

호리의 놀라움이 채 사라지기도 전에 호선이 그의 손을 잡고 응서를 부리듯이 종알거렸다.

마치 네가 원하는 무공을 보여줬으니 이제는 내가 원하는 목욕을 하게 해달라는 것 같았다.

第八章
청천벽력(靑天霹靂)

一擲賭乾坤

호리궁을 뭍에 댄 곳에서 멀지 않은 숲 속에 둥글고도 높게 목책이 쳐져 있는 곳이 있다.

그 안에는 몇 개의 돌 위에 큼직한 가마솥이 얹혀 있으며, 그 옆에는 나무로 만든 큼직한 목욕통이 놓여 있었다.

이곳은 호리가 며칠에 한 번씩 목욕을 하기 위해서 만들어 놓은 이른바 야외 목욕탕이었다.

그가 가마솥에 물을 길어다 부은 후 가마솥 아래에 나무를 밀어 넣고 불을 지피고는 불을 살리려고 입바람을 후후 불며 수선을 피우고 있는 동안, 호선은 재미있다는 듯 그 옆에 쪼

그리고 앉아서 턱을 괴고 말끄러미 지켜보았다.

물이 끓자 호리는 목욕통에 더운물과 찬물을 섞어 적당한 온도를 맞추고는 호선더러 통 속에 들어가라고 이른 후에 목책 밖으로 나왔다.

호리는 혼자 기다리는 시간이 무료해서 목책 밖에서 권각술을 수련하기 시작했다.

수련을 하는 동안 문득 호선이 보여주었던 신기에 가까운 경공술이 생각났다.

그것에 비하면 자신이 죽어라고 수련하는 권각술이 매우 하찮게 여겨질 법도 한데, 그는 입을 꾹 다문 채 더욱 열심히 주먹과 발을 휘둘러 나무를 가격했다.

팍! 팍! 팍!

백조비격술을 처음부터 끝까지 한 차례 수련하고 나면 어김없이 반 시진 정도가 소요된다.

언제나처럼 전력을 다해서 수련했기 때문에 호리의 몸과 옷은 땀으로 흠뻑 젖어 있었다.

그는 이제쯤 호선이 목욕을 끝냈겠지 싶어서 목책 가까이 다가가서 낮게 외쳤다.

"다 했으면 그만 나와라."

"아직 시작도 안 했어."

그런데 목책 너머에서 들려온 호선의 대답은 뜻밖이었다.

"무슨 소리야? 시간이 얼마나 지났는데."

"씻겨줘야 할 것 아냐. 혼자 어떻게 씻어."

"씻겨줘……?"

호리는 어이가 없다 못해서 기가 막혔다.

"너, 씻을 줄도 몰라?"

"몰라."

너무도 간단한 대답.

호리는 그녀가 기억을 잃었더라도 가장 기본적이고 상식적인 것들, 즉 밥을 먹거나 용변을 보거나 하는 생활 전반에 걸친 것들은 할 줄 안다는 사실을 알고 있었다.

그러므로 그녀가 스스로 씻을 줄 모른다고 말하는 것은, 어쩌면 한 번도 제 손으로 제 몸을 씻어본 적이 없다는 뜻일 수도 있었다.

"날 언제까지 이렇게 내버려 둘 거야?"

목책 안에서 꾀꼬리가 우짖는 듯한 영롱한 목소리가 흘러나왔다. 목욕통 안에서 반 시진이 넘도록 앉아 있었으면 지겹기도 할 텐데, 그녀의 목소리는 옥구슬이 구르는 것처럼 맑고 명랑했다.

"그냥 나와."

호선이 목욕을 한다는 바람에 항주성으로 들어가서 볼일을 보려던 것이 늦어지고 있었다. 호리는 그 자리에서 움직이지 않으면서 소매로 땀을 닦았다.

"씻고 싶어. 어서 씻겨줘."

호선이 또다시 응석을 부렸다.

이러는 것을 보고 있노라면 그녀가 영롱하에서 장한 두 놈의 머리통을 간단하게 박살 내고, 허공을 삼 장씩이나 훌훌 날아다녔다는 사실이 조금도 믿어지지 않았다. 아니, 도무지 믿고 싶지 않았다.

호리는 가볍게 눈살을 찌푸린 채 잠시 망설였다. 씻겨주는 것은 그다지 어렵지 않은 일이다.

더구나 그는 호선의 알몸을 여러 차례 봤으며 만지고 쓰다듬기까지 했었다.

그런 점을 감안한다면 몸을 씻겨주는 것쯤은 별로 어려운 일이 아닐 터이다.

원래 호리는 고집불통에다가 자신이 한 번 옳다고 생각하면 양보를 모르는 성격이다.

그런데 이상하게도 호선에게만은 그러지를 못했고, 그 사실을 호리 자신은 전혀 자각하지 못하고 있었다.

호선은 아주 조금씩 호리에게 예외적인 어떤 존재가 돼가고 있었다.

'치료를 하는 것이나 씻겨주는 것이나 뭐가 다를까 봐.'

이윽고 호리는 별로 대수롭지 않다는 듯 내심으로 중얼거리면서 목책 안으로 들어갔다.

호선이 호리의 선 키 배꼽 높이의 목욕통 안에 어깨까지 물에 담그고 오도카니 앉아 있었다.

그녀는 눈을 지그시 감고 있었는데 표정이 매우 평온해 보였다. 그녀가 숨을 쉴 때마다 잔잔한 수면 아래로 풍만한 젖가슴이 가볍게 오르락내리락하는 것이 보였다.

호리가 목욕물에 손을 넣어보니 미지근했다. 일껏 끓인 물이 다 식어버린 것이다.

할 수 없이 가마솥에 물을 길어다 붓고 불을 때서 목욕물을 새로 끓여 목욕통에 다시 채웠다.

"아… 기분 좋아!"

호리가 힘든 줄은 모르고 목욕통 속의 호선은 눈을 지그시 감고 콧소리를 흥얼거렸다.

"이번만은 씻겨주겠지만 다음부터는 스스로 하도록 해. 잘 보고 배워."

호리는 수건을 물에 적셔 작은 나무통 속에 담겨 있는 계근유(桂根由:비누)를 듬뿍 묻힌 후 호선에게 다가서며 주의를 주었다.

"잘할 수 있을까?"

호선은 호리의 손에 몸을 맡기며 눈을 깜빡거렸다.

"나도 하는데 네가 왜 못해?"

결론적으로 말하자면, 호리는 자신의 몸을 닦는 것과 여자의 몸을 씻겨주는 것에는 큰 차이가 있다는 사실을 깨달았다.

또한 혼자 목욕을 할 때보다 서너 배나 많은 시간이 소요된다는 사실과 앞으로도 계속 자신이 호선을 씻겨줘야 할 것 같은 불길한 예감이 들었다.

호리는 이번 일거리가 지난번 감상택의 생아편 은자 천오백 냥어치보다 두 배 가까운 삼천 냥 정도 규모라는 사실을 확인하고는 내심 적잖이 흥분했다.

그래서 이번 일을 마지막으로 항주성에서의 사기 행각을 끝내고, 사부와 사매가 기다리는 산동 봉래현으로 돌아가야겠다는 결정을 내렸다.

또한 이번 일을 성공하면 염복에게는 구리돈 한 푼도 상납하지 않을 것이다.

항주성을 떠나는 마당에 은자 삼천 냥의 구 할씩이나 갖다 바칠 하등의 이유가 없었다.

아니, 할 수만 있다면 염복 놈의 모가지를 배배 비틀어서라도 그동안 바친 상납금을 모조리 되찾고 싶은 것이 호리의 지금 심정이었다.

염복은 구사문의 육 문주다. 이번에 호리가 상납을 하지 않고 돈을 갖고 사라져 버린다면 염복이 구사문의 하오문도들을 풀어서 그를 찾아내려고 할지도 모르고, 아니면 그대로 포기할 수도 있다.

염복이 호리를 포기하면 다행이고, 만약 찾아내려고 하더라도 호리에겐 약간의 방법이 있었다.

놈이, 아니, 구사문이 찾지 못하도록 아주 깊숙이 숨어버리는 것이다.

다행이 염복은 호리에 대해서 아무것도 모르기 때문에 그를 찾아내는 일은 그리 쉽지 않을 것이다.

염복에게 상납하지 않고 도망치는 것이 께름칙하긴 하지만, 이것은 충분히 그럴 만한 가치가 있었다.

현재 호리의 비밀 항아리 속에는 구리돈까지 모두 합쳐서 천육백칠십오 냥의 은자가 모아져 있었다.

거기에다 만약 이번의 일거리를 성공시켜 은자 삼천 냥을 철웅과 은초와 각각 천 냥씩 나누면 호리가 모은 돈은 은자 이천육백 냥이 된다.

그 정도면 봉래현이든 어디든 사부가 원하는 장소 어느 곳에라도 근사한 무도관을 짓고도 남음이 있을 것이라고 계산하는 호리였다.

이제 이 지긋지긋한 항주성을 떠나 사부와 사매를 만나고, 멋진 무도관을 차려서 새로운 생활을 시작한다는 생각에 노를 젓는 호리의 팔에 부쩍 힘이 들어갔다.

호리가 직접 돌아다니면서 확인한 결과 이번 일거리는 감상택 때보다 훨씬 쉬울 것 같았고, 반면에 수확은 두 배 가까이 될 것이 분명했다.

이번에는 이쪽에서 물건을 준비하고 저쪽에서 돈을 갖고 나와 맞바꾸는 형식이다.

물건은 부자들이나 사치스러운 여자들이 즐겨 찾는 향유와 몰약(沒藥)으로 정했다.

원래는 은자 오천 냥어치인데 급하게 처분해야만 할 사정이 생겨서 눈물을 머금고 삼천 냥에 넘겨야만 한다는, 그럴싸한 이유를 만들어 붙인 사기극이다.

물론 호리에게 향유와 몰약 같은 것은 당연히 없다. 그런 것이 있다면 직접 팔아서 은자 오천 냥을 챙길 일이지 은밀하게 불법 거래 같은 것을 해서 이천 냥이나 손해를 볼 이유가 없다.

향유와 몰약은 나라에서만 전매하는 특수한 물품으로써 국법으로 개인끼리의 거래를 엄중하게 금하고 있는 물품이다.

만약 불법으로 거래를 하다가 발각되는 날에는 중형을 면치 못하게 되지만, 그래도 암거래는 공공연하게 이루어지고 있었다. 대부분의 암거래가 그렇듯이 향유와 몰약 역시 막대한 이문이 남기 때문이었다.

호리네는 이제 갓 밀수업을 시작해서 어수룩한 신출내기 장사꾼으로 가장할 계획이다.

장소는 전당강 강변의 백사장이고, 이쪽에서는 호리와 은초 두 명이, 저쪽에서도 전주(錢主)인 양상감(陽常坎)이란 자가 수하 한 명만 데리고 나오기로 돼 있다.

몇 번이나 검토해 봤지만 계획은 완벽했다. 천재지변이 일어나지 않는 한 실패할 리가 없었다.

거사일은 내일 밤 술시(戌時:밤 8시).

호리는 항주성 내에 있는 한림방(翰林房)에 들렀다.

한림방은 소정의 수수료를 받고 서찰이나 물건을 지정한 장소에 전달해 주는 전문적인 점포였다.

호리는 삼 년여 전부터 한림방의 믿을 만한 사람인 현성이란 청년을 통해서 매월 한 통의 서찰과 은자 석 냥을 봉래현의 사부에게 전하고 있는 중이었다.

현성은 봉래현에서 돌아올 때마다 사매 연지의 서찰을 가져오곤 했었다. 연지는 단 한 번도 현성을 빈손으로 돌려보낸 적이 없었다.

호리는 삼 년여 동안 사매가 보내온 서찰 사십여 장을 무엇보다 소중한 보물처럼 간직하고 있었다.

지금도 그는 사매가 보냈을 정겨운 서찰을 한껏 기대하면서 부푼 마음으로 한림방의 문으로 들어서고 있는 중이다.

"우선 앉으시오."

중키에 바지런하게 생긴 외모를 지닌 현성이 실내로 들어서는 호리와 호선에게 의자를 권했다.

"……!"

그러자 호리는 문득 불길한 기분에 사로잡혔다.

호리가 한림방에 들어서면 현성은 언제나 훈훈한 미소를 지으면서 제일 먼저 사매의 서찰을 내놓았었다.

그런데 지금은 앉기를 권하고 있다. 더구나 현성의 표정이 매우 어두웠다.

호리는 무언지 모를 불길함이 부디 들어맞지 않기를 마음속으로 바라면서 현성이 권하는 의자에 앉지도 않은 채 조심스럽게 물었다.

"사부님 댁에 무슨 일이 있소?"

"그렇소."

현성이 무겁게 고개를 끄덕이자 호리는 가슴이 철렁 내려앉으며 가벼운 현기증을 느꼈다.

"무…… 슨 일이오?"

돌덩이처럼 굳은 표정으로 변한 호리의 목소리에는 팽팽

한 긴장이 깔려 있었다.

현성은 이번에 봉래현에 갔다가 호리의 사부 조항유를 만나지 못했었다.

그는 삼 년여 동안 부지런히 봉래현을 오가면서 조항유네 가족과 꽤 가까운 사이가 되었다.

언제부터인가 그가 조항유네 집에 당도하면 의례히 푸짐한 밥상을 대접받곤 했었다.

이번에 호리의 서찰과 은자를 조항유에게 전하지 못한 현성은 밥도 얻어먹지 못했을뿐더러, 그냥 빈손으로 돌아올 수가 없었다.

자신에게 너무 잘해주는 호리와 조항유 부녀에 대한 일이 남의 일 같지 않은 현성은, 봉래현 거리 이곳저곳을 기웃거리면서 마을 사람들로부터 직접 들은 애기들을 머릿속에서 정리한 후 가라앉은 목소리로 입을 열었다.

"사부님의 따님 연지 아가씨가 납치됐소. 그래서 조 사부께서 따님을 찾으러 낙양으로 가셨다는 것이오."

호리의 불길함이 적중했다.

그는 갑자기 수만 근 무게의 거대한 바위가 가슴을 짓누르는 것처럼 답답했고, 머릿속이 텅 빈 것 같아서 한동안 아무 생각도 할 수가 없었다.

"연지가 누… 구에게 납치됐다는 것이오?"

　호리는 잠시가 지나서야 쩍쩍 갈라지는 목소리로 겨우 입
을 열어 물었다.

　"무황성의 이소성주(二小城主)가 봉래현에 왔다가 우연히
거리에서 연지 아가씨의 고운 자태를 발견하고는 그 길로 납
치해서 무황성으로 돌아갔다고 하오."

　"무황성?"

　호리는 자신의 귀를 의심했다. 무황성이라면 그도 들은 기
억이 있었다.

　그러나 그에게 있어서의 무황성은 옥황상제가 산다는 천
상계(天上界)나, 황제가 사는 황궁과 같은 의미였다.

　즉, 자신 같은 평민 신분의 사람하고는 멀리 동떨어진 세계
라는 것이다.

　그러니 무황성의 이소성주라는 인물이 평범한 소녀인 연
지를 납치했다는 사실을 곧이곧대로 받아들이지 못하는 것은
당연한 일이었다.

　"뭔가 잘못 알고 있는 것이 아니오?"

　"그렇지 않소. 내가 거리에서 알아본 바에 의하면, 무황성
의 이소성주는 바다 건너 대련(大連)으로 가는 배를 다음날
아침에 봉래포구에서 타기로 되어 있었고, 그날 밤은 봉래현
의 철기보에서 묵기로 했다는 것이오. 그런데 거리에서 우연
히 연지 아가씨를 발견하고는 마음이 변하여 연지 아가씨를

즉시 제압한 후 철기보에 잠시 들렀다가 곧바로 무황성으로 돌아갔다는 것이오."

호리는 머릿속이 극도로 혼란스러운 중에도 이상한 생각이 들었다.

이소성주라는 인물은 필시 어떤 목적이 있어서 대련으로 가려고 했을 텐데 어째서 연지를 납치한 것인지, 또한 왜 목적지에 가지 않고 중도에 연지를 데리고 무황성으로 돌아갔다는 말인지 이상한 일이었다.

"어쨌든 무황성의 이소성주가 연지 아가씨를 납치해서 무황성으로 간 것만은 분명한 사실이오."

현성은 침통한 표정으로 설명을 이었다.

"그 소식을 전해 들은 조 사부께선 다음날 아침 동이 트자마자 무황성이 있는 낙양으로 따님을 구하기 위해서 길을 떠났다고 하오."

호리가 그 사실을 현실로 받아들이는 데에는 꽤 오랜 시간이 걸렸다.

현성에게 들은 이 사건은 그만큼 말도 되지 않는 일이었던 것이다.

사매 연지가 무황성 이소성주에게 납치되다니, 꿈에서조차 상상하지 못했던 청천벽력 같은 소식이었다.

무황성 이소성주라는 자가 무엇 때문에 연지를 납치했는

지는 다음 문제다.

사부와 사매는 호리의 하늘이고 땅이다. 그 하늘이 무너지고 땅이 꺼진 것이다.

호리에게는 그 사실만이 중요했다.

그가 이제 곧 항주성을 떠나 봉래현으로 돌아가겠다고 결심한 날에 사매가 납치됐다는 비보를 전해 들었다.

"빌어먹을!"

호리는 얼굴을 일그러뜨리며 씹어뱉었다. 그는 자신의 운명이 비틀리고 있는 것을 생생하게 느꼈다.

"어떻게 하겠소?"

현성이 조심스럽게 물었다.

"무황성으로 가겠소."

호리는 생각할 것도 없다는 듯 거침없이 대답했다.

운명이 비틀리고 있다면 바로잡아야 할 뿐이다. 다른 것은 생각할 가치도 없다.

"무황성이 어떤 곳인지 알면서도 가겠다는 것이오?"

현성의 목소리가 '무황성' 이라는 이름을 입에 올리는 것만으로도 팽팽하게 긴장되어 흘러나왔다.

젖먹이나 바보천치가 아닌 이상 천하에서 무황성을 모르는 사람은 아무도 없을 것이다.

─천하에는 오악(五嶽)이 있고, 무림에는 오황(五皇)이 있다.

이보다 더 유명한 말은 없다. 이 말은 무림계뿐만 아니라 천하를 통틀어 가장 유명한 말이다.

천하의 오악은 동악인 태산(泰山), 서악 화산(華山), 북악 항산(恒山), 남악 형산(衡山), 중악 숭산(嵩山)이다.

무림계의 오황은 동서남북의 구분과 높고 낮음, 순위의 구분이 없이 무황성, 봉황궁(鳳皇宮), 선황파(仙皇派), 검황루(劍皇樓), 마황부(魔皇府)다.

오악이 천하의 하늘을 떠받치는 다섯 개의 기둥이라면, 오황은 무림계에 군림하는 다섯 개의 거성(巨星)이었다.

호리가 일개 사기꾼이고, 현성이 한림방의 심부름꾼이라고 해도 무림오황(武林五皇)에 대해서 모를 리가 없다.

호리는 어금니를 악물고 이 갈리는 목소리를 토해냈다.

"무황성이 아니라 염라부라 해도 가서 기필코 사매를 구해내고 말 것이오."

이제 사매 연지를 구하는 일은 호리가 백 번 천 번 숙는다고 해도 기필코 이루어야만 할 필생의 사명이 돼버렸다.

하루 동안 호리궁 움집 안에 틀어박혀 두문불출하던 호리는 계획을 약간 수정했다.

원래는 오늘 밤의 일을 성공시키고 내일 아침에 항주성을 출발, 봉래현으로 갈 계획이었다.

그러나 행선지가 무황성이 있는 낙양으로 바뀌었다. 그 외에 다른 것은 변동이 없다.

호리는 무황성 이소성주가 연지를 납치한 것에는 뭔가 큰 오해가 있었을 것이라고 판단했다.

무황성이라는 어마어마한 집단의 이소성주라는 지고무상한 신분의 인물과 평민인 연지는 골백번을 생각해 봐도 아무런 연관 관계가 없었다. 그러니 그 일은 오해에서 비롯된 것이 분명할 것이다.

그래서 그 오해가 풀리면 연지는 무사히 풀려날 것이다.

아니, 어쩌면 연지는 이미 풀려나서 사부와 함께 봉래현의 집으로 돌아가고 있는 중인지도 모른다.

어쨌든 호리는 낙양으로 갈 것이다.

만약, 정말 만에 하나 무황성의 이소성주가 연지를 납치한 것이 오해가 아니라면, 호리는 수단과 방법을 가리지 않고, 그리고 목숨을 걸고 연지를 구해낼 것이다.

정오 무렵.

호리, 철웅, 은초가 즐겨 찾는 거리 끝의 후미진 곳에 위치한 주루 백미루(百味樓)에 세 사람, 아니, 호선까지 네 사람이 모여 앉았다.

　세 사람은 일거리가 있을 때에만 한시적으로 만나고 어울렸으며, 일이 끝나고 나면 뿔뿔이 흩어져 각자의 생활을 영위해 왔었다.

　그래도 호리는 가끔 철웅을 만나기도 하고, 철웅네 집에서 모친이 만들어준 식사를 대접받기도 하여 그에 대해서는 웬만큼은 알고 있는 터였다.

　이곳 백미루는 평소에 철웅이 주방장으로 일하고 있는 항주성 외곽의 주루였다.

　백미루 사람들은 철웅이 항주성에서 유명한 사기꾼 호리와 한 패라는 사실을 까맣게 모르고, 그저 요리 잘하고 듬직한 청년으로만 알고 있었다.

　이층 창가 탁자에 낡은 옷이지만 언제나 말끔한 옷차림인 은초와 주방에서 일하다가 온갖 요리 부스러기를 옷에 떡칠한 모습의 철웅이 나란히 앉아 있었다.

　두 사람의 시선은 맞은편 호리 옆에 다소곳이 앉아 있는 호선에게 못 박혀 있었다.

　두 사람은 태어나서 호선처럼 아름다운 여자를 결코 본 적이 없었다.

　비록 싸구려 무명옷을 입고 있었지만, 그런 것이 호선의 빼어난 용모와 늘씬한 몸매를 가릴 수는 없었다.

철웅과 은초는 거의 정신을 잃다시피 한 얼굴로 호선에게서 눈길을 떼지 못했다.

그 바람에 호리의 표정이 돌처럼 굳어 있고 몹시 우울한 것을 발견하지 못했다.

그러나 호선은 두 사람의 따가운 시선을 조금도 개의치 않는 듯한 표정이었다.

그런 것을 보면 그녀는 원래 뭇사람들의 시선을 한 몸에 받았던 신분이었던 것 같았다.

그래서 기억은 잃었지만 사람들의 시선에 대한 반응이 몸에 배어 있는 상태인 듯했다.

그러나 무엇이든 도가 지나치면 경을 치는 법이다.

"너희 둘, 이름이 뭐지?"

호선이 철웅과 은초에게 슬쩍 시선을 던지며 물었다.

그런데 호리에게 말할 때와는 달리 얼굴에 서리가 한 겹 깔린 듯한 표정이고, 그보다 더 냉랭한 목소리였다.

그것 역시 그녀는 기억하지 못하지만, 그녀의 몸에 습관처럼 배어 있는 기도의 한 조각인 것 같았다.

호선의 질문에 철웅과 은초는 자신들도 모르게 잔뜩 위축되어 그 즉시 눈을 내리깔고 자세를 바로하면서 합창하듯이 대답했다.

"철웅입니다!"

"은초입니다!"

호선의 싸늘한 목소리에 은은한 위협이 더해졌다.

"앞으로 날 쳐다보지 마라. 혼난다."

"네!"

철웅과 은초는 알 수 없는 위압감에 짓눌려 목청껏 대답을 하고는 즉시 시선을 호리에게 돌렸다.

두 사람은 호선처럼 아름다운 미녀를 보는 것이 생전 처음이지만, 지금처럼 위축이 되는 것도 생전 처음이었다.

두 사람의 시선은 호리 얼굴에 고정되었지만 머릿속에는 방금 본 호선의 미모와 그것과는 어울리지 않는 살벌한 위협이 온통 뒤범벅되어 있었다.

그들은 호리가 이 아름다운 냉혈녀에 대해서 설명해 줄 것이라고는 기대하지 않았다.

그들이 알고 있는 호리는 그 정도로 친절한 성격이 아니었다. 그가 입을 여는 것은 일거리의 처음 계획을 상의하거나 말할 때 정도였다.

하지만 계획도 호리 혼자 거의 다 세우므로 그의 말을 들을 기회는 다 짠 계획을 설명할 때뿐이었다.

"오늘 밤 계획에 대해서 말하겠다."

이윽고 호리가 입을 열었다. 평소에도 무미건조한 목소리인데 사매의 납치 사건 때문에 충격을 받은 지금은 한층 더

삭막한 목소리였다.

그래도 혼이 반쯤 나간 철웅과 은초는 아직도 호리의 변화를 알아차리지 못하고 있었다.

호리가 설명은 단 한 번밖에 하지 않는다는 사실을 잘 알고 있으면서도 말이다.

스르르…….

그때 철웅과 은초의 눈길이 자신들도 모르게 옆으로 흐르는가 싶더니 호선의 얼굴로 향했다.

위협을 당하는 순간에는 절대 쳐다보지 말아야겠다고 다짐했었지만, 시간이 흐르자 '설마 여자가 우리 둘을 죽이기야 하겠어?' 하는 똥배짱이 은근슬쩍 고개를 쳐든 것이다.

빠빡!

"끄악!"

"왁!"

우당탕!

그러나 두 사람은 호선의 얼굴을 미처 쳐다보지도 못한 상태에서 머리통이 빠개지는 엄청난 통증과 충격을 받고 의자와 함께 그대로 바닥에 나뒹굴었다.

호선의 손가락 사이에는 젓가락 하나가 쥐어져 있었다.

보통 사람들에게는 젓가락이 음식을 집어 먹는 용도로 쓰이겠지만, 그녀의 손에 쥐어지는 순간 살인 도구로 변할 수도 있는 것이다.

"으으으…… 나 죽는다……."

"끄으으…… 아이구, 머리야……."

두 사람은 두 손으로 머리를 감싸 안은 채 바닥을 데굴데굴 구르며 처절한 비명을 터뜨렸다.

태어나서 이처럼 무지막지한 고통은 처음이었다. '설마 죽이기야 하겠어?' 했는데, 차라리 죽는 것이 훨씬 감사할 정도로 처절한 고통이었다.

은초는 원래 허약해서 그렇다고 쳐도, 거구 철웅은 다른 사람에게 잘 맞지 않는 싸움꾼으로 유명하며, 설혹 실컷 두들겨 맞는다고 해도 신음 소리 하나 흘리지 않는 것으로 소문이 난 대단한 맷집의 소유자였다.

그런 그가 지금 돼지 멱따는 소리를 내지르며 바닥을 구르고 있는 것이다.

"일어나서 앉아라."

호선이 조용히 명령하는 데에도 두 사람은 바닥을 구르며 죽는다고 소란을 피웠다.

"엄살 부리지 말고 당장 일어나지 못해?"

"엄살이 아니라……. 응?"

"얼마나 아픈지도 모르고서 그런 말을……. 어?"

철웅과 은초는 아우성을 치며 항변하다가 똑같이 어리둥

절한 표정을 지었다.

실로 기가 막힐 일이었다. 방금 전까지만 해도 머리가 두 쪽으로 쪼개지는 것처럼 고통스러웠는데, 지금은 언제 그랬냐는 듯 말짱했다.

누가 보면 두 사람이 호선에게 어깃장을 부리려고 일부러 소란을 피운 것이라고 오해를 하기 십상이었다.

호선이 아주 잠깐 동안만 무지하게 아프고 몸에는 아무런 이상이 없는 특수한 혈도를 젓가락으로 가볍게 건드렸다는 사실을 철웅과 은초가 어찌 알겠는가.

호선과 철웅, 은초, 세 사람의 상견례는 그렇게 한바탕 요란스럽게 치러졌으며, 그 순간부터 세 사람의 서열이 자연스럽게 정해졌다.

호선은 명령자로, 철웅과 은초는 복종자로.

第九章
위기일발(危機一髮)

술시 일각 전.

전당강 서안 강변의 송림 안.

"헉… 헉… 깨끗해. 매복 같은 것은 없어."

몸이 호리호리한 것처럼 남달리 발도 빠른 은초가 약속 장소인 백사장 인근 수백 장 이내를 은밀하게 한 바퀴 돌아보고 와서 숨을 헐떡이면서 보고했다.

호리는 사십대 중후한 외모의 장사치로, 은초는 날카로운 모습의 중년 수하로 변장을 한 모습이었고, 호선과 철웅은 원래의 모습으로 모여 서 있었다.

"철웅, 너는 호선과 함께 배에서 대기해. 돛 올릴 준비해 놓는 것 잊지 말고."

"알았어."

철웅은 호리의 명령이라 어쩌지는 못하지만, 예쁘면서도 무시무시한 호선과 배에서 함께 대기하는 것이 썩 마뜩찮은 표정이었다.

호리도 노를 잘 젓지만 역발산(力拔山)의 힘을 지닌 철웅에 비할 바는 못 됐다.

호리궁에 쌍돛을 올린 상태에서 철웅이 힘차게 노를 저으면 그 어떤 배도 따라올 엄두를 내지 못한다.

그래서 위험지경에 처해서 쫓기다가도 일단 철웅이 모는 배에 올라타기만 하면 만사형통이었다.

호리와 은초는 철웅 덕분에 여러 차례 죽을 고비를 넘겼다.

철웅이 직접 거래에 가담하지 않고서도 자신의 몫을 떳떳하게 챙길 수 있는 이유가 바로 거기에 있었다.

"나는 호리하고 같이 있을 거야."

그런데 호선이 호리 옆에 바짝 붙어서 두 손으로 그의 팔을 잡으며 단호한 표정을 지었다.

"어서 가. 나하고 있으면 위험해."

호리가 타이르듯 말하는 것을 보고 철웅과 은초는 적잖이 놀란 표정을 지었다.

두 사람은 호리가 지금처럼 누군가에게 다정하게 말하는 것을 한 번도 본 적이 없었다.

그렇지만 두 사람은 곧 더욱 놀라야만 했다.

호선이 뺨을 호리의 어깨에 부비면서 상체를 비비 꼬며 코맹맹이 소리를 냈기 때문이다.

"아이~! 나도 갈래!"

호리는 철웅과 은초가 놀라서 쳐다보는 것을 발견하고 멋쩍은 듯 슬며시 호선의 손을 떼어놓았다.

"위험하다니까."

"위험하니까 더 같이 가야겠어. 호리 혼자 죽게 내버려 둘 수는 없잖아."

"어쩌려고?"

호선은 혀를 쏙 내밀었다.

"헤헷! 우린 같은 돌림을 쓰는 한 가족이니까 생사를 함께 해야지."

철웅과 은초는 눈앞에서 벌어지고 있는 광경을 보고 있으면서도 자신들의 눈을 믿지 못했다.

북해의 마녀 같은 호선이 호리에겐 착착 감기는 애교를 부리고 있지 않은가.

더구나 호리 역시 호선에게 대하는 것은 평소와는 완전히 다른 사람 같은 모습이었다.

호리는 호선을 물끄러미 응시하다가 가볍게 고개를 끄덕였다.

"그래, 너도 가자."

호선의 애교에 녹아서 허락한 것이 아니다. 위험하니까 같이 가야 한다는 그녀의 말 때문이었다.

워낙 철저하게 사전 조사를 했기 때문에 위기에 처하는 일은 없겠지만, 그래도 호선이 곁에 있어준다면 만약의 사태에 대비할 수가 있을 터이다.

술시.

사박사박…….

전당강 백사장을 나란히 걸어가는 세 사람은 호리와 호선, 은초였다.

그들의 전면에 두 사람이 달빛을 받으면서 우뚝 서 있는 모습이 보였다.

오늘 거래할 물주인 양상감과 그의 수하인 듯했다.

그들 앞에는 하나의 철궤가 모래 위에 놓여 있었다. 그 안에는 호리네의 향유와 몰약의 대금을 지불할 은자 삼천 냥이 들었을 것이다.

호리와 은초는 조금도 긴장한 표정이 아니었다.

철웅까지 포함해서 그들 세 사람의 몇 안 되는 공통점 중에 하나는, 그 누구보다도 대담하다는 사실이었다.

호리네 세 사람은 양상감의 일 장 앞에 나란히 멈춰 섰다.

은초는 하나의 붉은색 가죽을 입힌 고급스러운 모양의 궤짝을 등에 짊어지고 있었다. 물론 궤짝에는 향유와 몰약 대신 자갈만 들었다.

호리는 점잖은 표정으로 사람 좋은 미소를 지으며 상대를 바라보았다.

"양상감 양 대인이시오?"

목소리 역시 사십대에 걸맞게 굵직하고 중후했다.

호리 전면의 두 명 중에서 고급스러운 비단 황의를 입은 네모진 얼굴에 짧은 수염을 기른 중년인 양상감이 가볍게 고개를 끄덕였다.

"그렇소. 방건(方建) 방 대인이시오?"

호리는 품위있게 포권을 해 보였다. 이번 거래에서 그의 이름은 방건이었다.

"내가 방건이오."

그러면서 재빨리 양상감이라는 자와 수하로 보이는 자를 날카롭게 살펴보았다.

두 명 다 무기를 지니고 있지 않았다.

양상감은 사십대 중반의 중년인인데, 다부진 체구에 짧은 수염을 길렀고 한 손에는 옥으로 만든 부채를 쥐고 있었으며, 담담한 표정으로 호리를 쳐다보았다.

수하로 보이는 자는 장사꾼의 복장이었으며, 키가 크고 깡마른 체구에 늘어뜨린 두 팔이 매우 길었다.

호리는 양상감의 수하로 보이는 자가 평범한 장사꾼이 아니라는 사실을 한눈에 간파했다.

평범한 사람으로 보이려고 애쓰는 기색이 역력했지만, 우선 눈빛이 예사롭지 않았다.

게다가 딱 벌어진 어깨와 전체적으로 균형 잡힌 몸을 보면 그가 오랜 세월 동안 무술을 연마한 인물이라는 사실을 한눈에 알 수 있었다.

그자는 성내에서 흔히 볼 수 있는 건달이 아니라 진짜 무사인 것 같았다.

호리는 그자의 실력이 최소한 염복보다 강할 것이라고 나름대로 판단했다.

거상(巨商)들이 호위무사를 거느리는 경우는 다반사다.

호리는 그런 맥락에서 양상감이 호위무사를 데리고 온 것이라고 추측했다.

일이 약간 꼬이고 있었다. 쟁쟁한 진짜 무사를 데리고 올 줄은 몰랐던 것이다.

호리는 어떻게 호위무사를 처치할 것인지에 대해서 잠시

골몰하다가 한 가지 결론을 내렸다.

"한 분이 더 오셨군요."

그때 양상감이 호선을 보며 입을 열었다.

그는 호선의 절색적인 미모에 적잖이 놀랐는지 호리 일행이 이곳에 당도한 이후부터 그녀의 얼굴에서 시선을 떼지 못하고 있었다.

말은 그렇게 했지만 한 사람이 더 온 것에 대해서 문제를 삼지는 않을 것 같았다.

호선을 쳐다보는 눈빛이 가끔 묘하게 일렁이는 것으로 미루어 음탕한 생각을 하고 있는 듯했다. 그렇다면 오히려 잘된 일이었다.

은초는 등에 메고 있던 궤짝을 내려놓고 호리의 왼쪽에 서서 두 팔을 아래로 늘어뜨렸다.

그러자 그가 호신용으로 늘 팔뚝에 차고 다니는 두 개의 쇠꼬챙이가 스르르 소리없이 내려와 뾰족한 끝부분이 손바닥 안쪽에 닿았다.

호리의 이번 계획은 간단하면서도 극단적이었다. 즉, 물건과 돈을 교환하고 자시고 할 것 없이, 그저 상대를 단숨에 때려눕히고 은자 삼천 냥을 강탈하는 것이다.

그는 지난 삼 년여 동안 갖가지 방법으로 돈을 벌어들였지만, 무력으로 강탈을 한 적은 한 번도 없었다.

그러나 이번 일을 마지막으로 항주성에서의 사기 행각을 끝내려고 하기 때문에 조금 무리한 방법을 선택했다.

만약 이번 거래의 결과로 인해서 항주성 내에 무슨 소문이 나돌든, 아니면 후환이 생기든 상관이 없었다. 이곳을 떠버리면 그만인 것이다.

호리는 양상감을, 은초가 수하를 때려눕히기로 이미 사전에 약속되어 있었다.

호리는 양상감의 호위무사가 강하다는 사실을 간파했지만 애초의 약속대로 자신이 양상감을 때려눕힐 생각이었다.

이런 상황에서 은초에게 상대를 바꾸자고 은밀하게 알릴 방법이 없었다.

그리고 자신이 양상감을 먼저 제압하여 협박하면 호위무사가 꼼짝도 못할 것이라는 계산을 했다. 이른바 독사의 대가리부터 제압하겠다는 것이다.

양상감 앞에 놓여 있는 궤짝 안에 반짝이는 은자가 들어 있다는 사실을 확인하는 즉시 행동 개시다.

"한 명이 더 온 것이 문제가 된다면 이번 거래는 없던 것으로 해도 좋소."

호리는 호선의 얼굴과 몸을 핥듯이 쳐다보고 있는 양상감을 보면서 담담히 입을 열었다.

호리는 양상감이 호선에게 음탕한 마음을 품고 있다는 것을 느꼈지만 개의치 않았다.

오히려 호선이 그의 눈빛을 견디지 못하고 발작을 일으킬까 봐 그게 걱정이었다.

호리가 호선을 슬쩍 쳐다보자 아니나 다를까 그녀의 얼굴은 싸늘하기 짝이 없었다.

더구나 지그시 입술을 깨물고 있는 것이 당장이라도 폭발할 듯한 표정이었다.

호선은 호리가 자신을 쳐다보고 있는 것을 깨닫고 그를 바라보았다.

호리가 입술 끝을 약간 올리면서 흐릿한 미소를 짓자 호선은 금세 마음이 누그러져서 생긋 미소로서 화답했다. 호리의 뜻을 간파한 것이다.

그녀는 백미루에서 호리가 이번 계획에 대해서 설명하는 것을 들었다.

그녀는 기억을 잃었을 뿐이지 결코 바보는 아니다. 지금 자신이 폭발하면 일을 망친다는 것쯤은 알고 있었다.

"아니! 문제는 없소!"

양상감은 손을 젓고 나서 갑자기 득의한 미소를 머금으며 태도가 돌변했다.

"흐흐……. 저 계집은 보상의 일부라고 여기면 될 테니까."

순간 호리는 가볍게 움찔했다. 뭔가 심상치 않은 느낌이 등줄기를 찌르르 훑었다.

"보상?"

그는 날카롭게 양상감을 쏘아보았다.

"네놈이 내 형님을 등쳐 먹은 것에 대한 보상 말이다."

양상감이 능글맞게 중얼거렸다. 그의 태도와 표정은 방금 전과는 판이하게 달라졌다.

마치 독 안에 빠져 허우적거리고 있는 쥐를 쳐다보는 고양이의 여유 있는 모습이었다.

호리와 은초는 바짝 긴장했다.

"형님이라니?"

"혹시 내 이름이 네가 알고 있는 어떤 사람과 비슷하다는 생각이 들지는 않느냐?"

호리는 입속으로 '양상감'이라는 이름을 되뇌어보았다.

"감상양!"

순간 그는 무언가를 깨닫고 나직이 외쳤다.

'양상감'을 거꾸로 하면 '감상양'이다. 그것은 호리가 얼마 전에 항주성 내에서 생아편 천오백 냥어치를 사기 쳤던 감상택이라는 이름과 끝 자만 다르다.

'함정이다! 이자는 감상택의 동생일 것이고, 제 형의 복수를 하러 온 것이다!'

그때 양상감, 아니, 감상양이 고개를 젖히고 유쾌한 웃음을 터뜨렸다.

"핫핫핫! 네놈을 죽인 다음에는 염복이라는 놈을 찾아가서 돈을 받아낸 후 그놈마저 죽여 버리겠다!"

감상양의 입에서 복사파 우두머리 염복이라는 이름이 나오자 호리는 가볍게 움찔했다. 감상양은 예상 밖으로 많은 것을 알고 있었다.

호리의 머리가 빠르게 회전하기 시작했다. 그렇지만 길게 생각할 여유가 없었다.

감상양의 말로 미루어 이것은 함정이 분명하고, 그렇다면 아까 은초가 발견하지 못한 조력자들이 주변에 매복하고 있는 것이 틀림없었다.

항주성에서 호리라는 별명은 사기꾼이나 은밀한 싸움꾼으로 유명하지만, 호리의 진면목을 알고 있는 사람은 철웅과 은초, 그리고 복사파 일당 열세 명이 전부다.

며칠 전에 호리와 호선은 항주성 영룽하 강 위에서 범상치 않은 다섯 장한의 습격을 받았었다.

그 당시 그놈들은 호리를 정확하게 알고 찾아와서 다짜고짜 죽이려고 했었다.

마치 누군가 호리를 지목하기라도 한 것처럼.

그러나 호리를 팔아먹은 것이 철웅이나 은초는 아니다.

두 사람에게 캐묻지는 않았지만, 그 둘만큼은 믿을 수 있었다. 믿음이 없었다면 친구가 되지도 않았을 테니까.

"나를 어떻게 찾아냈지?"

불과 두 호흡 안에 생각을 끝낸 호리가 감상양을 주시하며 무표정하게 물었다.

"핫핫핫! 곧 죽을 놈이 무에 궁금한 것이 있느냐?"

감상양은 또다시 고개를 젖히고 필요 이상으로 유쾌하게 껄껄 웃었다.

호리는 어쩌면 감상양의 웃음소리가 무슨 신호일지도 모른다는 생각이 들었다.

그렇다면 조금 전에도 한 번 웃었으니까 두 번 신호를 보낸 것이다.

매복한 자들의 공격이 임박했다는 증거다.

감상양의 눈이 세모꼴로 변했다. 그 눈 속에서 잔인한 눈빛이 일렁였다.

이제 곧 벌어질 복수극의 통쾌한 장면을 미리 예상하고 있기 때문일 것이다.

"후후……. 너를 판 놈이 누구였는지 알게 된다면 지독한 배신감을 느낄 테니까, 좋아! 그것을 복수의 서막 정도로 삼아도 좋겠군."

그는 배신감에 치를 떨 호리의 모습을 상상하면서 키득거리며 말을 이었다.

"클클…… 잘 들어라. 너를 지목한 놈은 바로 너를 거느리고 있는 복사파 두령 염복이다."

"염복?"

절대 그럴 리가 없었다. 복사파는 항주성에서 수십 개의 크고 작은 사업을 벌이고 있지만, 그것들 중에서 호리만큼 돈을 잘 벌어주는 사람은 없다.

아니, 호리네 세 사람이 벌어다 주는 수입이 복사파 전체 수입의 평균 삼 할을 차지할 정도였다.

그런 호리를 염복이 팔다니, 염복이 미치지 않은 이상 불가능한 일이었다.

"클클…… 돈을 잘 벌어다 주는 네놈을 염복이 팔았다고 하니까 믿어지지 않느냐? 그렇지만 누구에게나 돈보다는 목숨이 소중한 법이다."

감상양은 호리의 표정이 복잡하게 변한 것을 즐기면서 이죽거렸다.

"네놈은 처음부터 우리 형제가 흑도방(黑刀幫)과 친하다는 사실을 알고 있었어야만 했다."

'흑도방!'

호리는 움찔 놀랐다.

흑도방은 항주성 최대의 하오문이었다가 작년에 무림계

진출에 성공한 입지전적인 방파다.

천하의 모든 하오문의 꿈은 무림계의 변두리에서라도 방파가 되어보는 것이다.

그러나 오합지졸의 집단인 하오문이 정식 무림방파가 되려면 갖춰야 할 것이 너무 많고 턱도 높았다.

고른 무술 실력과 일정한 세력권, 영향력, 자금. 그리고 가장 중요한 두 가지 요소가 있는데, 그 첫째가 자신있게 내놓을 수 있는 자파의 성명무공. 그리고 그 지역의 무림방파 세 곳에서 승인을 받아내야만 한다.

항주성 최대 하오문이었던 도월문(桃月門)은 그 어려운 요건들을 두루 갖추고 무림계로 진출한 후 흑도방이라고 이름을 바꾸었다.

도월문이 흑도방으로 승격하기 위해서는 엄청난 자금이 필요했을 것이라는 소문이 있었는데, 이제 보니 감씨 형제가 물주였던 것 같다.

그리고 아마도 이 근처에 조력자가 매복해 있다면, 그들은 필경 흑도방의 무사들일 것이다.

"호리야."

그때 오른쪽에 서 있던 호선이 손가락으로 호리의 옷깃을 가만히 잡아당기면서 조용히 불렀다.

그녀는 강 쪽에서 무언가를 감지한 것이 있어서 그것을 호리에게 알려주려는 것이었다.

그러나 극도로 긴장한 호리는 그녀가 또 응석을 부린다고 여겼다. 그는 지금 응석을 받아줄 여유가 없었다.

"죽엇!"

순간 호리가 짧게 외치는 것과 동시에 발끝으로 힘껏 백사장을 박차면서 곧장 감상양에게 덮쳐들었다.

놈을 번개같이 제압해서 그의 목숨을 담보로 옆의 호위무사가, 그리고 매복한 흑도방 무사들이 공격하지 못하도록 협박을 해야만 했다.

호리가 예상했던 대로 원래 감상양은 웃음소리로써 매복해 있는 흑도방 무사들에게 신호를 보내기로 돼 있었다.

세 번 웃으면 공격하라는 것이었다.

그런데 호리가 세 번째 신호를 훔쳤다. 감상양이 세 번째로 웃기 전에 덮쳐 간 것이다.

감상양은 일 장 앞에 서 있던 호리가 막바지에 몰리면 공격할지도 모른다고 예상했었다.

그런 상황에 대비해서 든든한 호위무사를 데리고 온 것이다. 자신의 장사꾼 수하로 변장하고 옆에 서 있는 인물이었다.

그러나 일 장 거리에서 덮쳐 오는 호리의 속도가 이처럼 빠를 것이라는 사실까지는 예상하지 못했다.

또한 은초가 양손에 검은 색깔에 한 자 길이의 뾰족한 쇠꼬챙이를 움켜쥐고 자신의 호위무사에게 쏜살같이 덮쳐 갈 것이라는 사실도 예상하지 못했다.

사실 감상양 옆에 서 있는 사내는 흑도방이 개파를 하는 과정에 외부에서 영입해 온 쟁쟁한 실력의 사범이었다.

그러나 제아무리 실력이 좋아도 몸이 금강불괴가 아닌 이상 공격해 오는 은초의 쇠꼬챙이를 무시할 수는 없는 노릇이다.

그것에 찔리면 다른 인간들처럼 그 역시 중상을 입거나 죽을 수밖에 없는 것이다.

흑도방의 사범은 자신이 있는 한 사기꾼 따위가 감상양을 어떻게 할 수는 없다고 호언장담했었고, 방금 전까지만 해도 그 생각은 변함이 없었다.

사범은 감상양을 덮쳐 가고 있는 호리를 힐끗 쳐다보았다.

잔뜩 놀라면서 뒤로 물러나고 있는 감상양의 얼굴 한복판으로 호리의 정권치기 주먹이 적중되기 직전이었다.

그 순간 은초의 쇠꼬챙이 두 개도 어느새 사범의 심장과 얼굴 한 자 거리에 이르러 있었다.

은초는 무술을 배운 적은 없지만, 열 살 때부터 두 개의 쇠꼬챙이를 장난감처럼 갖고 놀아서 지금은 제 팔보다 더 자유자재로 다루는 수준이었다.

슉―

사범은 뒤로 한 걸음 물러나면서 상체를 흔들어 은초의 쇠꼬챙이를 가볍게 피하는 것과 동시에 번개같이 은초의 가슴팍을 향해 오른발을 뻗었다.

퍽!

"왁!"

그 순간 사범의 발이 은초의 몸에 닿기도 전에 바로 옆에서 둔탁한 음향과 비명 소리가 터져 나왔다.

사범은 호리의 주먹이 감상양의 얼굴을 짓이기는 소리일 것이라고 판단했다.

퍽!

"끅!"

그와 거의 동시에 사범의 발끝이 덮쳐들던 은초의 명치를 짧고 강하게 찍었다.

은초는 숨이 멎어버릴 것 같은 고통과 함께 가슴을 쓸어안고 뒤로 나동그라지며 거꾸러졌다.

사범은 은초를 쓰러뜨리자마자 즉시 호리에게 덮쳐 갔다.

"사, 살려줘!"

감상양은 호리의 주먹 한 대에 코뼈가 부러지고 앞니 여러

개가 부러져서 피투성이가 되어 모래바닥에 널브러진 채 덮
쳐드는 호리를 향해 비명을 질러댔다.

쓰러진 감상양을 향해 득달같이 덤벼드는 호리의 얼굴은
분노로 일그러져 있었다.

그는 감상양의 얼굴에 일격을 가한 여세를 몰아 허공으로
비스듬히 떠올랐다가 감상양을 향해 쏜살같이 하강하면서 오
른발을 옆으로 비틀어서 쭉 뻗었는데, 발이 겨냥하고 있는 부
위는 목이었다. 그것에 적중되면 목뼈가 부러져서 즉사하고
말 것이다.

펙!

"큭!"

그때 옆쪽에서 사범이 날아와 발뒤꿈치로 호리의 옆구리
를 깊숙이 찍었다.

모래바닥에 떨어져 구르고 있는 호리에게 사범이 득달같
이 달려들었다.

호리는 옆구리 급소를 정확하게 찍혀서 숨이 끊어지는 듯
한 고통을 느꼈다.

사범은 다급한 상황이라서 전력을 사용하지 않았는데도
호리가 받은 충격은 굉장했다.

호리는 모래바닥을 데굴데굴 구르는 와중에 사범이 허공
을 날아 자신을 향해 쏘아오는 것을 발견했다.

그때 비틀거리면서 간신히 일어선 감상양이 강 쪽을 향해 악을 써댔다.

"뭣들 하는 것이냐? 당장 이 새끼들을 죽여라!"

그의 외침이 터지기도 전에 이미 강 쪽에서 열 명의 무사들이 무리지어 달려오고 있었다.

그들은 배에 탄 채 강 복판에서 대기하고 있던 흑도방의 무사들이었다.

감상양의 첫 번째 웃음소리는 그들에게 강변 가까이 다가오라는 명령이었다.

그리고 두 번째 웃음소리는 상륙을, 세 번째 웃음소리가 공격 명령을 뜻하는 것이었다.

그러나 열 명의 무사들은 감상양의 세 번째 웃음소리를 듣지 않은 상태에서 공격해 왔다.

그의 얼굴이 피떡으로 변하는 것을 직접 목격했기 때문에 그것을 공격 명령으로 대신한 것이다.

강에서 호리가 있는 곳까지의 거리는 오 장여.

그 거리를 열 명의 흑도방 무사들이 도를 뽑아 든 채 바람처럼 빠르게 좁혀오고 있었다.

원래 감상양은 사범 한 명만으로도 호리네를 능히 제압할 수 있을 것이라고 확신했었다.

매복해 둔 열 명의 흑도방 무사들까지 불러내려고 한 것은 순전히 자신의 위세를 뽐내기 위한 과시용이었다.

호리는 옆구리를 움켜잡은 채 일어나려고 기를 썼다.

옆구리를 가격당한 순간부터 숨을 쉴 수가 없었고, 목구멍에서는 꺽! 꺽! 거리는 소리가 쥐어짜듯 새어 나왔으며 온몸에 한 움큼의 힘도 없었다.

휘잉!

그때 사범의 두 번째 발길질이 허공을 가르며 일어서고 있는 호리의 뒤통수를 향해 맹렬하게 내리꽂혔다.

발이 허공을 가르는 소리가 칼바람 소리처럼 날카로웠다.

호리는 파공음을 듣는 순간 사범이 노리고 있는 부위가 자신의 뒤통수라는 것을 거의 본능적으로 감지했지만 피할 여유가 없었다.

휘익!

엉거주춤 일어서던 그는 어금니가 부서지도록 악물면서 상체를 뒤로 돌리는 것과 동시에 힘껏 팔을 휘둘렀다. 그것은 공격이나 방어가 아니라 거의 몸부림 수준이었다.

탁!

그러나 결사적임 몸부림이 실효를 거두었다. 호리의 팔뚝과 사범의 정강이가 거세게 부딪친 것이다.

순간 호리는 팔뚝이 끊어지는 듯한 통증을 느끼면서 충돌의 여파로 몸이 빙그르 회전을 하며 뒤로 넘어갔다.

그 와중에 그는 순간적으로 세 가지 광경을 발견했다.

첫째는 정강이를 가격당한 사범이 허공중에서 균형을 잃은 채 기우뚱한 자세로 떠 있는 모습이었고,

두 번째는 약간 떨어진 곳에서 호선이 팔짱을 낀 자세로 호리 자신을 지켜보고 있는 모습이었으며,

세 번째는 강 쪽에서 몰려오고 있는 십여 명의 무사들이 번뜩이는 도를 치켜든 채 이미 이 장 거리까지 다가온 광경이었다.

거의 동시에 세 가지를 봤지만, 제일감은 역시 사범에 대한 것이었다.

사범이 땅에 내려서면 어찌해 볼 방법이 전무하다는 것.

그러므로 공격을 해야 한다면 균형을 잃은 채 허공중에 떠 있는 지금 이 순간뿐이라는 사실.

호리 역시도 균형을 잃고 몸이 뒤로 쓰러지고 있는 상황은 마찬가지다.

그러나 허공에서 균형을 잃은 사범보다는 사정이 조금 나은 편이었다.

호리의 생각과 결정과 행동이 한순간에 이루어졌다.

그는 몸이 회전하면서 쓰러지고 있는 중이므로 사범을 등진 자세였다. 공격으로서는 최악의 상태였다.

휘익!

한 발로 모래 바닥을 힘껏 디디고 사범이 떠 있을 것이라고 생각되는 허공을 향해 냅다 뒷발질을 가했다.

퍽!

"어흑!"

어느 부위인지는 알 수 없지만, 여하튼 발뒤꿈치가 어딘가에 적중되면서 물컹한 느낌이 발을 통해 전해지는 것과 동시에 사범의 애끓는 듯한 신음 소리가 들려왔다.

호리는 모래 바닥에 쓰러지자마자 급히 신음 소리가 들려온 방향을 쳐다보면서 방어 자세를 취했다.

사범이 두 손으로 사타구니를 움켜잡은 채 끙끙거리고 있는 모습이 보였다. 호리의 발이 사범의 사타구니 음낭에 꽂힌 것이었다.

그것으로 사범은 음낭이 단번에 터져 버렸다.

제아무리 무술이 뛰어난 사범이라고 해도 그 상황에서는 어쩌지 못할 것이다.

호리는 앞뒤 가릴 것 없이 사범을 향해 몸을 날렸다. 개구리처럼 펄쩍 뛰었는지 미친 듯이 기었는지는 알 수 없었다. 그저 온몸으로 사범에게 덮쳐 갔다.

쩍!

제일 먼저 호리의 머리가 사범의 얼굴을 짓이겼다. 얼마나

세게 들이받았는지 머리가 멍했지만 사범의 몸 위에 올라탄 채 몸부림을 치듯이 마구 두 주먹을 휘둘렀다.

퍼퍼퍼퍼퍽!

그의 두 주먹이 사범의 피투성이가 된 얼굴과 목, 어깨 할 것 없이 무차별 가격했다.

그때 날카로운 파공음이 호리의 고막을 울렸다.

쐐액!

거무튀튀하고 길쭉한 물체가 허공을 수평으로 갈랐다.

푹!

"으악!"

호리에게 얼굴 정면을 주먹으로 얻어맞아 피투성이가 된 상태에서 겨우 일어서 있던 감상양이 목 한복판에 은초의 쇠꼬챙이 하나를 깊숙이 찔린 채 두 손으로 쇠꼬챙이를 움켜잡고 비틀거리다가 풀썩 쓰러져서는 몸을 몇 차례 푸들푸들 떨더니 이내 잠잠해졌다.

"호리야!"

은초의 다급한 외침에 호리는 주먹질을 뚝 멈추었다.

사범의 얼굴은 거기에 없었다. 대신 짓뭉개진 핏덩어리가 하늘을 향해 놓여 있었다.

어디가 코고 눈이며 입인지 전혀 구분할 수 없는 참혹한 몰골이었다.

눈알 두 개는 아예 터져 버렸으며, 코는 짓뭉개졌고 이빨은 모조리 부러지고 입술은 짓이겨졌다.

호리의 두 주먹도 피투성이었다. 사범의 피에, 호리 자신의 주먹이 깨지고 찢어져서 흘린 피가 범벅이 된 것이다.

"호리야!"

가슴을 움켜잡은 채 비틀거리면서 호리에게 다가오고 있는 은초가 다시 한 번 절박하게 외쳤다.

호리는 은초의 외침이 무엇을 뜻하는지 즉시 알아차렸다.

그가 벌떡 일어섰을 때 열 명의 흑도방 무사들은 일 장 앞까지 쇄도하여 호리와 은초, 호선을 향해 무지막지하게 수중의 도를 휘둘러 오고 있었다.

호리는 헐떡거리면서도 흑도방 무사들을 쏘아보며 으르렁거렸다.

"덤벼라, 이놈들!"

그는 호선의 존재를 잠깐 잊고 있었다.

호선은 열 자루 도가 자신들을 향해 일제히 쏟아져 오자 찰나지간 움찔하며 가볍게 놀라는 표정을 지었다.

자신에게 무공이 있다는 사실을 모르는 채 본능적으로 약간 움츠러든 것이다.

그러나 다음 순간 그녀의 두 눈에서 새파란 안광이 번갯불처럼 뿜어졌다.

스웃—

호선의 모습이 그 자리에서 사라지는가 싶더니 어느새 덮
쳐드는 흑도방 무사들 면전에 나타났다.

타타탁!

이어서 전혀 둔탁하지 않은, 마치 젓가락으로 탁자를 살짝
살짝 두드리는 듯한 가벼운 음향이 연이어 터져 나왔다.

그렇지만 비명 소리는 전혀 흘러나오지 않았다.

호리와 은초는 자신들의 눈앞에서 벌어지고 있는 광경을
얼굴 가득 불신을 떠올린 채 쳐다보았다.

쏟아지는 달빛 아래 강가에서 한 마리 봉황이 우아하게 날
개를 퍼덕이면서 환상적인 춤을 추고 있었다.

호선의 동작은 매우 절제되어 있었고, 간명했으며, 또한 지
극히 아름다웠다.

그녀의 춤은 불과 두 호흡 만에 끝나 버렸다. 시작하자마자
끝난 것이다.

방금까지 덩실덩실 춤을 추던 봉황은 날개를 접은 채 달빛
아래 고요히 서 있었다.

그리고 그 주변에는 열 명의 흑도방 무사들이 어지럽게 널
브러져 있었다.

호리는 호선이 누군가를 상대로 무공을 펼치는 것을 두 번

보았다.

그렇지만 영롱하 강상에서는 제대로 보지 못했었다. 순식간에 벌어졌고, 호선이 호리의 등 뒤에 있었기 때문이다.

그러나 제대로 보지 못한 것은 눈을 뻔히 뜨고 있었던 방금 전에도 마찬가지였다.

겨우 두 차례 호흡할 만큼 짧은 시각 동안만 호선이 훨훨 춤을 추다가 멈추었고, 모래 바닥에는 열 명의 흑도방 무사들이 즐비하게 쓰러져 있는 것이다.

은초의 놀라움은 호리보다 훨씬 컸다. 그는 대경실색한 표정으로 아예 정신을 차리지 못하는 것 같았다.

호리는 비틀거리면서 호선에게 걸어갔다. 아니, 쓰러져 있는 흑도방 무사들에게 걸어가는 것이었다.

호선은 약간 멍한 표정으로 우두커니 서 있었다.

그녀의 무공 실력은 기억을 잃기 전에 형성된 것이다. 그런데 그것이 기억을 잃은 후에 무의식적으로 튀어나오니 그녀 자신으로서는 당연히 혼란스러울 터이다.

호리는 쓰러져 있는 흑도방 무사들을 천천히 살펴보았다. 그들에게는 세 가지 공통점이 있었다.

첫째는 얼굴에 일말의 고통스러운 표정도 떠올라 있지 않다는 사실이었다.

그들의 얼굴은 평소의 모습 그대로였다. 그것은 그들이 고통을 당하지 않았다는 뜻이고, 표정을 바꾸기도 전에 죽었다는 사실을 의미하고 있었다.

둘째, 그들의 몸에 어떤 조그만 상처도 없다는 것이다.

셋째, 모두 잠을 자는 듯한 모습으로 숨이 끊어져 있다는 사실이었다.

호리는 흑도방 무사들을 한 명씩 살펴보다가 경이로운 표정으로 호선을 쳐다보았다.

도대체 어떤 수법을 사용했기에 이럴 수 있는 것인지 놀랍고 감탄스러웠다.

"호리야!"

그때 강 쪽에서 철웅이 부리나케 달려오며 외쳤다.

그는 조금 전에 호리궁을 대기시킨 채 강에 떠 있다가 십여 명의 괴한들이 탄 두 척의 배가 쏜살같이 강가로 향하는 것을 발견하고 크게 놀랐었다.

그러나 그는 아무런 행동도 취하지 않았다. 무슨 일이 생겨도 호리궁을 지키라는 호리의 엄명이 있었기 때문이다.

또한 그는 큰 소리를 질러서 호리에게 위험을 경고할 수도 없는 상황이었다.

그랬더라면 그는 흑도방 무사들에게 죽임을 당했거나 도망칠 수밖에 없었을 것이다.

그가 가만히 있었던 것은 죽음이 두려워서가 아니었다. 다만, 자신이 죽으면 도주를 맡은 자신의 책임을 다하지 못하게 되기 때문이었다.

"호리야! 다치지 않았어?"

정신을 수습한 호선이 호리에게 다가오며 물었다. 그녀의 얼굴에는 염려의 기색이 가득했다.

문득 호리는 조금 전 자신이 사범에게 당하고 있을 때 호선이 한 옆에서 우두커니 서서 팔짱을 낀 채 구경만 하고 있었던 것을 기억해 냈다.

"너, 조금 전에는 왜 보고만 있었지?"

"구경한 거야."

뜻밖에 호선의 대답은 태연했다.

"뭘?"

"너의 실력과 자질, 근성."

"그걸 알아서 뭐 하려고?"

"그냥……."

호리는 조금 부끄러운 기분이 들었다. 그래서 더 이상 물어보고 싶지 않았다.

설사 묻는다고 해도 호선에게서 시원한 대답을 들을 수는 없을 것 같았다.

그녀의 행동은 무의식과 의식이 뒤범벅되어 있기 때문에

스스로도 이해하지 못하는 것을 어떻게 설명하겠는가.

"이…… 이게 어떻게 된 거냐?"

철웅이 호리 근처에 당도하여 주위에 쓰러져 있는 흑도방 무사들을 발견하고 대경실색했다.

"은초야, 돈을 확인해 봐라."

정신이 반쯤 나가 있던 은초는 호리의 말에 그제야 급히 감상양이 갖고 온 궤짝을 열어보았다.

"우라질! 돈은 없어! 돌멩이만 가득 들었어!"

은초가 참담하게 외쳤다.

함정이라는 사실을 알았을 때 궤짝에 은자 삼천 냥이 들어 있지 않을 것이라는 짐작은 했었다.

그래도 혹시 하는 마음이 조금쯤은 있었는데 그마저도 날아가 버렸다.

네 사람은 한동안 아무 말 없이 그 자리에 서 있었다.

"으으……."

그때 어디선가 미약한 신음 소리가 들려왔다.

네 사람이 동시에 그곳을 쳐다보았다.

호리에 의해서 얼굴을 알아볼 수 없을 정도로 짓이겨진 사범이.꿈틀거리면서 두 팔을 허공에 허우적거리며 신음을 흘리고 있었다.

호리의 짙은 눈썹이 꿈틀 꺾였다.

그는 주위를 두리번거리다가 모래 속에 파묻혀 있는 큼직한 돌 하나를 뽑아 들고는 사범에게 성큼성큼 걸어갔다.

이어서 일말의 감정도 없는 표정으로 돌을 머리 위로 들어 올렸다가 사범의 얼굴에 내리꽂았다.

퍽!

머리통 두 배 크기의 돌에 내리 찍혀 사범의 머리는 완전히 으깨어졌다.

네 사람은 또다시 침묵을 지킨 채 머리가 박살난 사범의 시체를 굽어보았다.

모두들 각자의 생각을 하고 있을 것이다. 그리고는 결말에 당도했다.

이제 어떻게 할 것인가.

"호리야, 이제 어떻게 하지?"

역시 은초가 착잡한 얼굴로 호리에게 물었다.

"다친 곳은 없어?"

호리는 대답 대신 반문했다.

은초는 아직도 뻐근한 명치를 쓰다듬으면서 희미한 미소를 지어 보였다.

"견딜 만해."

밤바람이 네 사람의 머리카락과 옷자락을 흔들었다.

호선은 가만히 호리의 옆얼굴을 바라보았다. 그의 얼굴은

빛이 날 정도로 창백했고 단아했다.

이윽고 호리가 시선을 강에 준 채 입을 열었다.

"나는 내일 아침에 이곳을 떠난다."

第十章
주당(酒黨) 탄생

一擲乾坤
鄭賭卓乞

율겸림의 호리궁 움집 안.

희미한 유등 아래에 호리와 호선, 철웅, 은초가 두 명씩 마주 앉았고 그들 앞에는 간단한 요리와 술병, 네 개의 술잔이 놓여 있었다.

요리가 다 식어버렸지만 철웅은 아주 가끔 어색한 침묵을 떨치려는 듯 술잔을 집어 들었다.

호리는 술 마시는 시간을 정해놓은 것처럼 열 호흡에 한 번씩 술을 마셨으며, 술을 못 마시는 은초는 아예 술을 입에 대지도 않았다.

그러나 호선만은 움집 안을 짓누르고 있는 무거운 침묵 따위에도 전혀 아랑곳하지 않은 채 혼자서 열심히 술잔을 비우고 있었다.

호리네가 마시는 술은 언제나 황주다. 한 병에 너 푼밖에 하지 않고 맛은 몹시 쓰지만 독한 술이라서 한 푼이라도 아끼고 취하고 싶은 이들에겐 제격이었다.

호선은 술자리가 시작된 반 시진 전부터 쉴 새 없이 술을 마셔대고 있는 중이다.

모두 다섯 병을 사왔는데 호리가 한 병가량 마셨고, 철웅이 반 병, 나머지는 호선이 혼자 다 마셔 버렸다.

그녀는 처음에는 순전히 호기심 때문에 술을 조금 홀짝 마셔보았다.

그런데 혀끝과 목구멍이 찌르르 하더니 곧 뱃속에서 불이 나는 것처럼 화끈거렸다.

도대체 이게 뭔가 하고 소스라치게 놀랐지만 그것도 잠시, 이내 속이 훈훈해지면서 기분이 좋아지기 시작했다.

그때부터 쉬지 않고 홀짝홀짝 술을 마신 것이 독한 황주를 세 병 반이나 마셔 버린 결과를 낳은 것이었다.

호선은 자신의 잔에 술을 따르다가 술이 더 이상 나오지 않자 술병을 들고 주둥이에 눈을 바짝 갖다 대고는 안을 들여다보았다.

술이 떨어져 버린 것이다.

그녀는 자신의 잔에 반쯤 차 있는 술을 몹시 아까운 듯 만지작거리다가 마침내 홀짝 한입에 털어 넣었다.

술이 센 사람이라고 해도 대부분 한 병만 마시면 뻗어버리는 황주를 세 병 반이나 마시고서도 그녀는 얼굴이 복사꽃처럼 발그레하게 달아올랐을 뿐 끄떡도 없었다.

조금 전에 호리는 자신에 대해서, 그리고 왜 항주성을 떠나야 하는지에 대해서 철웅과 은초에게 아주 간단하게 설명을 해주었다.

호리가 그런 설명을 한 것은 다른 뜻이 있어서가 아니라 그래도 오랫동안 생사고락을 함께했던 친구들 곁을 아무 말도 없이 떠날 수가 없어서였다.

호선과 철웅, 은초로서는 처음 듣는 호리에 관한 얘기였다.

"나도 호리 너와 함께 가겠어."

오랜 침묵을 깨고 은초가 나직이 입을 열었다.

호리가 무슨 말을 하려고 하자 은초는 손을 들어 제지하면서 진지한 얼굴로 말을 이었다.

"나는 지난 이 년 동안 호리 덕분에 꽤 큰돈을 모을 수 있었어. 나한테는 어머니와 누나가 있는데, 무창성(武昌城) 어느 부호의 집에서 종살이를 하고 있어. 사실은 나도 그녀들과 함께 종살이를 했었는데, 도망쳐 나왔던 거야."

처음 듣는 은초의 신세에 호리는 뜻밖이라는 표정을, 철웅
은 적잖이 놀란 표정을 지었다.

"내 소원은 악착같이 돈을 모아 어머니와 누나를 면천(免
賤:노예 신분을 벗는 것)시켜서 세 식구가 오순도순 함께 사는
거야."

"돈이 모자라니?"

"아니. 돈은 충분히 모았어."

호리의 물음에 은초는 고개를 가로저었다.

"지난번에 너에게 여길 떠나서 번듯한 점포라도 함께 차리
자고 말했던 것은, 그런 다음에 어머니와 누나를 데려와서 함
께 살 생각이었거든."

"그럼 내일 길을 떠나라. 가서 어머니와 누나를 면천시킨
후에 함께 살도록 해라. 애써 날 따라올 필요는 없다. 내가 그
런 말을 한 것은 통보하는 것이지 함께 가자고 강요하는 것이
아냐."

"알고 있어."

은초는 호리를 쳐다보았다.

"너, 낙양까지 호리궁을 타고 갈 거지?"

"그래."

"그렇다면 장강(長江)을 거슬러 오를 테고, 중간에 무창이

있어. 그곳에 들렀을 때 어머니와 누나를 면천시키고 조그만 장사라도 할 수 있도록 해주면 돼. 내가 봐둔 자리가 있기 때문에 늦어도 이틀이면 충분할 거야.”

은초는 굳은 표정의 호리의 얼굴을 살피다가 결론을 내리듯 진중하게 말했다.

“솔직하게 말할게. 나는 사람 보는 안목은 별로 없지만, 호리 넌 언젠가는 반드시 대성할 거라고 굳게 믿어. 장차 네가 대성하여 큰 인물이 됐을 때, 나도 네 곁에 있고 싶다. 그게 내 소망이야.”

그 말은 호리가 대성할 때까지는 그의 옆에서 떨어지지 않겠다는 뜻이다.

탁!

“바, 바로 그거야!”

그때 철웅이 손바닥으로 제 무릎을 치면서 낮게 외쳤다.

“뭐가?”

뜬금없는 그의 말에 은초가 의아한 얼굴로 물었다.

철웅은 원래 말주변이 없다. 그는 호리의 말을 듣고 난 직후에 자신의 거취를 이미 결정했었지만, 그것을 어떻게 호리에게 설명해야 할지를 몰라서 내내 궁리하고 있던 중에 은초의 말에 희색만면한 것이다.

“내가…… 호리를 따라가야 하는 이유 말이야.”

철웅이 얼굴을 붉혔다. 그는 커다란 덩치에 어울리지 않게 수줍음도 많은 편이다.

은초는 틀틀 웃었다.

"싱겁기는, 그럼 너도 나처럼 호리가 성공하게 될 때 곁에 있다가 한자리 하고 싶다는 거야?"

"응. 아, 아냐! 그건 아냐!"

고개를 끄덕여 대답하던 철웅이 갑자기 부리나케 두 손을 마구 휘저었다.

이어서 그는 두 손으로 바닥을 짚고 상체를 굽힌 자세로 호리를 쳐다보았다.

그것은 삼 년여 동안 호리가 한 번도 볼 수 없었던 진지한 표정이고 자세였다.

"나, 철웅은 무조건 호리 너와 함께 있고 싶다. 이유는 그것뿐이다. 부디 날 데려가 다오."

호리도 이들 두 사람과 헤어지고 싶지 않았다. 또한 낙양에 가는 일이 그다지 위험하다고는 생각하지 않았다.

만약 낙양이나 그 일대에 무도관을 차리게 되면 철웅, 은초와 같이 지내는 것도 그다지 나쁘지 않을 것이라는 생각이 들었다.

"은초, 나는 네가 생각하는 것처럼 대단한 사람이 아니다. 물론 나는 대성할 생각 같은 것도 갖고 있지 않다. 그저 사부

님과 사매와 함께 조그만 무도관이나 운영하면서 살 생각이
다. 그래도 좋다면 함께 가도록 하자.”

“고맙다! 호리야!”

“여, 열심히 할게!”

은초와 철웅은 두 손으로 바닥을 짚은 채 마치 절을 하듯
합창을 했다.

슥—

문득 호리의 시선이 호선에게 향했다.

그녀는 더 이상 한 방울도 나오지 않는 술병을 거꾸로 들고
자꾸만 술잔에 붓는 시늉을 하면서 손바닥으로 술병 뒤꽁무
니를 탁탁 치고 있었다. 얼굴에는 몹시도 아쉬운 표정을 가득
떠올린 채.

호선은 호리가 자신을 쳐다보고 있다는 사실을 깨닫고 능
금처럼 빨간 얼굴로 그를 바라보면서 얼굴보다 더 빨간 입술
을 열었다.

“술 더 마시자. 응?”

그녀는 이미 술꾼이 되어 있었다.

“……!”

호리의 얼굴이 해쓱하게 돌변했다.

지금 그는 자신만의 보물 창고인 숲 속 거목의 구멍 안에

들어와 있는 중이다.

그런데 초롱불 아래 열려 있는 항아리 속은 텅 비어 있었다.

절대 불빛이 흐릿해서 잘못 본 것이 아니었다.

몇 번을 확인해 봤지만 항아리 안에는 구리돈 한 냥 남아 있지 않았다.

지난 삼 년 동안 항주성의 교활한 여우고, 비정한 살쾡이라는 소리를 들어가면서 온갖 더럽고 비열한 방법으로 무수히 죽을 고비를 넘기며 아등바등 끌어 모은 돈이었다.

무명옷조차 제대로 사서 입지 않았으며, 맛있는 향기를 풍기는 요릿집 앞을 허기진 배를 움켜쥔 채 또 얼마나 지나치면서 악착같이 모은 돈인가.

호리의 얼굴이 누렇게 변했다. 바닥이 푹 꺼지면서 끝없는 나락으로 한없이 떨어지는 것 같았다.

꿈이, 사부에게 무도관을 차려 드려서 사매와 함께 행복하게 살겠다는 그 오랜 꿈이 굉렬한 소리를 내면서 산산이 부서지고 있었다.

'도대체 누가……'

이 장소를 알고 있는 사람은 호리 혼자뿐이다.

그때 문득 한 사람의 모습이 떠올랐다.

"염복……!"

그놈밖에 없었다.

호리를 감상택 감상양 형제에게 두 번씩이나 판 놈이다. 그런 놈에게 의리 나부랭이 같은 것이 있을 리 없을 터.

호리가 염복에게 삼 년여 동안 뼛골 빠지게 벌어다 준 돈만 해도 은자 이십만 냥이 훌쩍 넘을 터이다.

그런 그를 헌신짝처럼 버린 것으로도 모자라서 호리의 꿈인 항아리의 알토란 같은 돈마저도 깡그리 털어갔다.

이제 와서 생각해 보니 염복은 호리의 일거수일투족을 감시하고 있었던 것이 분명하다.

"뿌드득! 염복 이놈!"

호리는 두 눈에서 살기를 뿜어내며 이를 갈았다.

놈을 절대 용서하지 않을 것이다. 예전 같으면 힘이 없어서 지금과 같은 경우에 처해도 어떻게 해볼 도리가 없었겠지만, 지금은 다르다.

호리에겐 호선이 있었다.

"호선아, 날 위해서 사람을 죽여줄 수 있겠어?"

호리는 호리궁 움집 안으로 들어서자마자 호선 앞에 앉아 거두절미하고 물었다.

호선은 함롱에 비스듬히 기대앉아서 눈을 감고 있었는데 발그레한 얼굴에 기분이 좋은지 알 수 없는 콧노래를 흥얼거리고 있었다.

"나보고 한 말이야?"

"그래."

호리는 호선이 어느 정도의 실력을 지녔는지 모른다. 호리 자신이 무공에 대한 조예가 없기 때문이다.

그렇지만 그녀가 흑도방의 무사들 열 명을 순식간에 죽인 것을 감안한다면, 염복과 그의 수하 열두 명쯤은 능히 해치울 수 있을 것이라고 판단했다.

"그 대신 조건이 하나 있어."

호선은 일어나 앉아서 초롱초롱한 눈으로 호리를 바라보며 손가락 하나를 펴 보였다.

그녀가 조건을 내걸 줄은 예상하지 못했던 호리는 뜻밖이라는 표정을 지었다.

"아까 마신 술 열 병 사줘. 그럼 누구라도 죽여줄게."

'술'이라는 말을 할 때 호선의 눈은 평소보다 훨씬 더 초롱초롱하게 빛나고 있었다.

그 모습은 마치 맛있는 사탕이나 장난감을 사달라고 조르는 어린아이 같았다.

호리는 뜻밖의 조건에 어이없는 얼굴로 호선을 쳐다보았다.

호선은 한발 양보했다.

"그럼 다섯 병."

호리의 어이없어하는 표정을 보고 술 열 병이 너무 많아서 거절하는 것이라고 여긴 것이다.

호리는 그런 상황이 아닌데도 호선의 하는 짓이 너무 우습고 귀여워서 웃음이 나오려는 것을 참고 있었다.

그때 호선이 아주 냉정한 표정을 지으며 손가락 두 개를 펼쳐 보였다.

"두 병. 그 이하는 절대 안 돼. 나도 밑져."

복사파 소굴은 그 근처를 흐르는 운하에서 오십여 장 거리의 뒷골목에 있었다.

호리는 운하에 철웅으로 하여금 언제든 출발할 수 있도록 호리궁을 대기시키도록 한 후 호선, 은초와 함께 복사파 소굴로 가기 위해 거리로 나섰다.

호리와 호선이 나란히 걸었고 그 뒤를 은초가 바짝 따르면서 날카롭게 주위를 살폈다.

한 번의 습격과 한 번의 함정에 빠져서 죽을 고비를 넘겼던 호리다.

그러므로 그의 존재가 최소한 감상택이나 흑도방에게는 노출됐다고 봐야 할 것이다.

그래서 은초는 혹시 흑도방 무사들이 주위에 있는지를 세

심하게 살피고 있는 것이다.

이들은 염복을 처치한 후 곧장 항주성을 뜰 계획이기 때문에 변장을 하지 않았다.

아니, 변장을 할 수도 있었지만 시간이 오래 걸리기 때문에 마음이 급한 호리가 그대로 강행한 것이다.

호리 역시 긴장한 표정으로 주위를 살피면서 걸었지만, 호선은 예외였다.

그녀는 거리 구경을 처음 하는 사람처럼 몹시 흥분되고 신나는 표정이었다.

거리 양편에는 각종 점포들이 처마를 맞대고 길게 늘어서 있었으며, 점포들의 앞쪽에는 좌판을 벌인 갖가지 행상들이 진을 치고 있었다.

"어머! 예쁘다!"

호리가 대로를 벗어나 복사파 소굴이 있는 어느 골목으로 막 들어서려는데 뒤에서 귀에 익은 탄성이 들려왔다.

호리가 급히 옆을 보니 호선이 보이지 않았다.

뒤돌아보니 그녀는 어느 좌판 앞에서 사람들 틈에 섞여 넋을 빼놓은 채 물건을 구경하느라 여념이 없었다.

은초는 감히 호선을 어떻게 하지 못한 채 어떻게 하면 좋으냐는 얼굴로 호리를 쳐다보았다.

"호리! 나 이거 사줘!"

호선이 예쁜 옥파(玉帕:머리띠) 하나를 쥐고 호리에게 들어 보이면서 외쳤다.

순간 은초는 소스라치게 놀랐다. 항주성에서 호리라는 별명은 꽤나 유명한 편이지만 얼굴을 아는 사람이 거의 없는데, 호선이 느닷없이 거리 한복판에서 '호리' 라는 이름을 소리쳐 불렀기 때문이다.

그러나 호리는 개의치 않았다. 이제 염복과 그 수하들을 처리하고 나면 미련없이 항주를 떠날 텐데 이제 와서 누가 자신의 얼굴을 알면 어떻겠는가.

지금은 그저 감상택 감상양 형제의 사주를 받은 흑도방 무사들만 조심하면 될 일이었다.

호리는 지니고 있던 자신의 전 재산인 은자 몇 냥을 헐어 구리돈 두 냥을 주고 호선에게 옥파를 사주었다.

그것은 물론 가짜 옥으로 만든 머리띠였다.

진짜 옥은 보석이다. 그런 것을 좌판에서 팔 리도 없을뿐더러, 너무 비싸서 빈털터리나 다름이 없는 호리로서는 사줄 수 없는 물건이다.

"너무 예뻐!"

얼핏 보면 예쁜 것 같지만 사실 조악한 구석이 더 많은 싸구려 머리띠를 이리저리 살피면서 호선은 뭐가 그리 좋은지 기뻐서 어쩔 줄 몰랐다.

"해줘."

호선은 거리 한복판에서 옥파를 호리에게 건네주고는 무릎을 구부려서 키를 약간 낮추어 머리를 호리 앞에 내밀었다. 옥파를 머리에 씌워달라는 뜻이었다.

호리가 옥파를 씌워주자 찰랑거리던 호선의 머리가 차분하게 가라앉아 또 다른 아름다움을 발산했다.

"예뻐?"

호선은 눈을 반짝이면서 기대하듯 호리에게 물었다.

"응."

마음이 급한 호리는 대충 고개를 끄덕이고는 몸을 돌려 골목 안으로 들어갔다.

은초는 매달리듯이 호리의 팔을 붙잡고 깡충거리는 호선을 보며 얼굴이 복잡하게 변했다.

무림계에 대해서는 아무것도 모르는 은초였지만, 그가 보기에도 호선은 무림고수가 분명했다.

그런 그녀가 대체 무엇 때문에 어느 날 갑자기 호리 앞에 나타난 것이며, 호리와의 관계는 무엇인지 궁금하기가 짝이 없었다. 게다가 그녀에 대해서 호리는 여전히 입을 굳게 다물고 있었다.

하지만 그보다 더 알 수 없는 것이 있었다.

은초는 호선이 흑도방 무사 열 명을 순식간에 쓰러뜨릴 때 그녀의 눈에서 뿜어지던 새파란 안광을 지금도 똑똑히 기억하고 있다.

얼마나 섬뜩했는지 그때 은초는 오금이 다 저려서 하마타면 오줌을 지릴 뻔했었다.

그런데 어젯밤에 술을 마실 때 호선의 잔뜩 풀어진 모습이나 조금 전에 보여준 순박한 행동은 그저 천진난만한 일개 소녀일 뿐이었다.

어떻게 사람은 하나인데 싸울 때와 평소의 모습이 그처럼 극과 극으로 다를 수 있는 것인지, 그것을 도저히 이해할 수 없는 은초였다.

또 하나, 호선을 대하는 호리의 행동도 이해 불능이었다.

평소 무표정과 무심함으로 일관해서 친구인 철웅과 은초마저도 말을 붙이기가 쉽지 않은 호리가 아닌가.

그런 그가 어째서 호선에게만은 저렇게도 친절한지 도통 모를 일이었다.

은초는 잠시 후에 염복과의 한판 드잡이질이 벌어질 것이라는 사실도 잠시 잊은 채 고개를 갸웃거리면서 호리와 호선의 뒤를 따랐다.

"나, 호리요. 염 두령에게 바칠 물건이 있어서 왔으니 문을 열어주시오."

언제나처럼 복사파의 문은 굳게 닫혀 있었다. 두께 세 치에 이르는 두꺼운 철문이었다.

어떻게든 그것을 열고 안으로 들어가야 하겠기에 호리는 철문 앞에 서서 마음에도 없는 부드러운 말투로 안쪽에 기별을 전했다.

그런데 철문 안에서는 아무런 대꾸도, 기척도 없었다. 마치 안에 아무도 없는 것 같았다.

"아무도 없는 것 아냐?"

호리와 호선 뒤에 서있는 은초가 나직이 속삭였다.

"있어. 열세 명."

호선이 머리띠가 너무도 마음에 드는 듯 매만지면서 대수롭지 않게 말했다.

"정말이야?"

은초가 그것을 어떻게 아느냐는 듯이 묻자 호선이 그를 힐끗 돌아보았다.

호선은 그저 대답하기 위해서 돌아본 것뿐인데, 은초는 움찔하며 급히 말을 바꿨다.

"저, 정말입니까?"

"그래. 두더지처럼 웅크리고 있군."

호선이 은초를 대하는 태도는 호리를 대할 때와는 사뭇 달랐다. 차갑지는 않지만, 꽤나 딱딱했다.

은초는 이맛살을 찌푸리며 호리에게 물었다.

"안에 틀어박혀 있으면서 없는 척하고 있는 것 같은데 이제 어떻게 하지?"

"저 안에서 평생 지내지는 못하겠지. 언젠가는 나올 테니 기다리자. 은초, 넌 뒷구멍을 지켜라."

복사파 같은 하오문 패거리 소굴에는 반드시 은밀한 뒷문이 있다. 일단 유사시에는 튀어야 하기 때문이다.

염탕 패거리는 쉬쉬하고 있지만 호리는 이미 오래전부터 뒷문의 정확한 위치를 알고 있었다.

호리가 자신의 신분을 밝혔고, 상납할 물건이 있다는 데에도 염복이 문을 열어주지 않는 것을 보면 뭔가 찔리는 구석이 있는 것이 분명했다.

염복이 호리를 무서워하지는 않지만, 계교에 능한 호리가 무슨 수작을 꾸밀지 알 수가 없어서 철문을 열어주지 않는 것 같았다.

보기보다는 겁이나 경계심이 많은 놈이었다.

"그냥 깨부수고 들어가면 안 돼? 난 빨리 술 마시고 싶단 말이야."

은초가 몸을 돌려 뒷문 쪽으로 달려가려고 할 때 호선이 초롱초롱한 눈빛으로 호리를 바라보며 애원하듯 말했다. 예의 순진무구한 눈빛이었다.

호리는 그녀의 말뜻을 제대로 알아듣지 못하다가 잠시 후에야 머리가 트였다. 그는 철문을 가리키며 약간은 어이없는 얼굴로 물었다.

"이걸…… 깨부순다는 거야?"

"응."

그때까지도 호리와 은초는 호선이 농담을 하고 있는 것이라고 생각했다.

무려 세 치 두께의 철문을 맨손으로 부순 사람이 있다는 말은 들어본 적이 없었다.

그런 것은 아득한 옛날의 허황된 고사나 전설 같은 것에서나 나옴 직한 일이었다.

"지금은 장난할 때가 아니다."

호리는 엄숙한 얼굴로 타일렀다.

"어쨌든 부수면 되는 거지?"

호선이 그렇게 말하면서 철문 앞으로 한 걸음 다가서자 그제야 호리는 그녀가 농담을 하는 것이 아니라는 생각이 들어 바짝 긴장했다.

더구나 호선은 두께 세 치의 철문을 부수기 위해서 무슨 거창한 준비 자세 같은 것도 취하지 않았다.

그저 철문 앞 두 자 거리에 우뚝 서서 무릎을 약간 굽히더니 한 차례 심호흡을 한 후 옆구리에 댄 오른팔을 천천히 뒤로 이동시켰다.

호선은 자신에게 어떤 능력이 있는지는 모르고 있지만, 막연하게 이 정도 철문 정도는 부술 수 있을 것이라는 자신감 같은 것을 느끼고 있었다.

불신 반 호기심 반으로 주의 깊게 그녀를 쳐다보던 호리의 시선이 그녀의 오른손으로 향하는 순간 두 눈이 화등잔만 하게 커졌다.

소매 밖으로 드러난 호선의 손목과 손이 투명하게 변하면서 눈부신 광채를 뿜어내고 있는 것을 발견한 것이다.

아주 잠깐 사이에 호선의 오른손은 하나의 눈부신 빛덩어리로 변해 있었다.

후웅!

순간 호선의 오른손 손바닥이 쏜살같이 철문을 향해 뿜어지자 은은히 허공을 진동하는 음향이 흘러나왔다.

콰앙!

"흑!"

"와앗!"

벼락이 그곳에 떨어진 듯한 엄청난 굉음이 터지는 순간 철문에서 반탄지기가 뿜어지는 바람에 호리와 은초는 뒤로 붕 떠서 날아갔다가 땅바닥에 나동그라졌다.

그러나 호리는 조금도 아픔을 느끼지 못했다.

그는 쓰러진 자세에서 철문을, 아니, 철문이 있던 곳을 급히 쳐다보다가 아연실색하고 말았다.

그곳에는 더 이상 철문이 없었다. 철문을 지탱하고 있던 양쪽의 굵은 철 기둥까지 송두리째 뽑혀 철문과 함께 안쪽으로 날아가 버렸으며, 그 대신 철문 크기보다 더 큰 커다란 입구가 생겨났다.

철문 양쪽의 기둥이 뽑힌 것은 물론이고 벽까지 허물어졌기 때문이다.

그리고 호선이 안쪽을 향해 성큼성큼 걸어 들어가고 있는 모습이 보였다.

호리는 벌떡 일어나 급히 호선을 뒤따라 뛰어갔다.

은초는 아직도 충격에서 벗어나지 못하고 고개를 흔들면서 비틀거리며 일어서고 있었다.

철문 안쪽은 바로 넓은 대전이었는데 바로 복사파의 대소사가 치러지는 장소였다.

염복은 상납금을 받거나 명령을 내리고 보고를 받을 때, 또는 술을 마시는 것은 꼭 대전에서 치른다. 꼴에 그래야만 권위가 살아난다는 것이 그의 지론이었다.

호리가 대전으로 들어서니 아수라장도 이런 아수라장이 없을 듯한 광경이 펼쳐져 있었다.

마침 대전에는 염복과 열두 명의 수하들이 모두 모여서 회의를 하고 있는 중이었다.

회의라고 해봤자 늘 염복 혼자 떠들어대면서 북 치고 장구 치는 식이다.

열두 명의 수하들은 염복의 말을 묵묵히 듣고 있다가는 그저 '훌륭합니다!', '제갈공명이 울고 갈 계략입니다!' 따위의 말을 앵무새처럼 반복할 뿐이었다.

철문은 뚫어지지 않았다. 무림계의 절정고수라고 해도 세 치 두께의 쇠를 뚫을 수는 없을 것이다.

대신 한복판이 푹 꺼져서 종잇장처럼 우그러들어 양쪽에 두 개의 굵은 기둥을 매단 상태로 사 장 너비의 대전을 가로질러 맞은편 벽에 처박혀 있었다.

그것도 그냥 처박힌 것이 아니라, 그곳에 벽을 등지고 나란히 서 있던 다섯 명의 수하 중에 세 명을 덮쳐서 아예 형체를 알아볼 수 없을 정도로 짓뭉개 버렸다. 물론 세 명은 철문과 벽 사이에 낀 상태로 즉사했다.

호리가 재빨리 대전을 쓸어보자 염복 놈은 너무 놀란 나머지 자신이 그토록 좋아하는 호피의에서 일어날 생각도 못한 채 멍한 표정이었고, 그런 모습은 그의 수하들 아홉 명 역시 마찬가지였다.

아닌 밤중에 날벼락을 맞은 것처럼 그들은 자신들에게 무슨 일이 벌어졌는지도 모르고 있는 듯했다.

"호리야, 이놈들 다 죽이면 되는 거야?"

어느새 대전 한복판에 우뚝 선 호선이 마치 버러지라도 대하듯 가볍게 눈살을 찌푸린 채 염복 일당을 죽 쓸어보며 종알거렸다.

그녀의 표정은 마치 '어서 빨리 이놈들 죽이고 술 마시러 가자' 고 말하는 것 같았다.

염복의 흐리멍텅한 시선이 호선에게서 호리의 얼굴로 옮겨지더니 눈빛이 크게 흔들렸다.

"너 이놈……."

호리는 염복을 쳐다보며 싸늘한 미소를 지었다.

"죽었어야 할 사람이 찾아와서 놀랐느냐?"

잔인하고 냉철하기로 소문난 염복이지만, 지금 이 상황을 이해하는 데에는 약간의 시간이 더 필요할 것 같았다.

호리의 눈이 세모꼴로 변했다.

"흑도방이 널 협박했느냐?"

호리는 염복이 정신을 수습하도록 충분한 시간을 주었다.

짧은 시간 동안 염복의 표정은 복잡하게 여러 차례 변했다. 경악, 불신, 그리고 마지막에는 역시 분노였다.

"으드득! 호리 이 새끼!"

염복은 이를 갈아 부치며 잡아먹을 듯이 호리를 쏘아보았다.

호리는 그가 분노 때문에 질문을 망각한 것 같아서 다시 한 번 환기시켜 주었다.

"흑도방이 협박해서 날 팔았느냐?"

사실 염복은 자신이 흑도방의 협박에 굴복해서 가장 돈을 잘 벌어오는 호리를 팔아넘겼다는 사실 때문에 기분이 몹시 상해 있었다.

또한 호리네 세 명이 필경 흑도방에 죽임을 당했을 것이라 여기고 수하들을 불러놓고 대책 회의랍시고 하던 중에 이 난리가 벌어진 것이다.

"흐흐… 용케도 살아 있구나."

염복이 입가에 예의 징그러운 미소를 지으면서 느물거렸다.

그는 아직도 상황 파악이 제대로 안 되는 것 같았다. 고양이가 물에 빠져 죽어가면서도 쥐를 보면 본능적으로 이빨을 드러내는 것처럼,

"내 돈을 내놓아라."

호리는 차분한 어조와 표정으로 중얼거렸다.

염복 같은 자들은 분노할수록 이성을 잃어가지만, 호리는 반대로 더 냉철해졌다.

"돌려줄 생각이었으면 가져오지도 않았다."

염복은 호리를 흑도방에 팔았다는 사실과 그의 돈을 훔친

사실을 인정했다. 이제 염복에게서 더 이상의 말을 들을 필요가 없었다.

염복은 철문이 뜯겨져서 날아와 수하 세 명이 죽은 것이 때 아닌 천재지변 때문일 것이라고만 여겼지 호리의 짓, 특히 더 없이 가냘프게만 보이는 호선의 짓이라고는 상상조차 하지 못하고 있었다.

호리는 조용히 염복을 주시했다. 죽여서 갈아 마셔도 시원치 않은 놈이었다.

그래서 자신의 손으로 때려죽이고 싶었다. 염복의 실력이 어느 정도인지는 호리도 잘 알고 있었다. 일단 싸움이 시작되면 백중지세겠지만 때려눕힐 자신이 있었다.

호리는 한 차례 크게 심호흡을 하면서 치밀어 오르는 분노를 삭이려고 애썼다.

지금은 염복에게 사사로운 복수를 하려고 시간을 허비하고 있을 때가 아니었다.

사매를 구하러 낙양으로 가는 것도 급하지만, 어물거리며 지체하다가 흑도방에게 걸리면 오도 가도 못하는 신세가 되고 말 것이다.

제아무리 호선이 무림고수라고 해도 흑도방 전체를 상대하지는 못할 테니까.

호리는 정정당당함이나 싸움에서의 예의, 상거래의 질서

같은 것은 모른다.

아니, 알고는 있지만 그런 시시콜콜한 것들을 지킬 생각은 추호도 없다.

그저 목적지까지 가장 빠르고 안전하게 당도하면 그것으로서 그만인 것이다.

그가 사기를 쳤던 자들이나 염복 같은 자들은 하나같이 더할 수 없이 해악 같은 존재들이다. 털려도 싸고 죽어도 마땅한 자들이다.

"호선아, 모두 죽여라."

마침내 호리의 입에서 조용한 음성이 흘러나왔다.

그러자 호선이 호리를 바라보면서 다시 한 번 확인했다.

"술 두 병이야?"

그녀는 황주 두 병에 목숨을 건 모양이다.

"알았어."

호리는 고개를 끄덕이고는 서너 걸음 뒤로 물러났다. 이번만큼은 호선의 솜씨를 똑똑히 볼 생각이었다.

염복의 얼굴이 분노와 어이없음으로 일그러졌다.

"이런 염병할 놈들이 누구 앞에서 개수작이야?"

"잠깐만 기다리고 있어. 금방 끝낼게."

호선은 호리에게 방그레 환한 웃음을 지어 보이고는 고개를 돌려 염복을 쳐다보았다.

시선이 호리에게서 염복에게 옮겨가는 짧은 사이에 그녀의 표정은 빠르게 변하는가 싶더니, 염복을 쳐다볼 때에는 빙정(氷晶)처럼 차디차게 변했으며 눈빛은 심연처럼 싸늘하게 가라앉아 있었다.

속으로 '이것들이 무슨 개수작이야?' 라고 중얼거리며 인상을 쓰던 염복은 호선을 보는 순간 그대로 얼어붙었다.

'뭐…… 뭐야, 저 눈빛과 표정은…….'

호선은 염복을 향해 똑바로 걸어갔다.

그녀가 바로 앞에 당도해 자신의 얼굴을 향해 손을 뻗을 때까지도 염복은 꼼짝도 못한 채 얼어붙어 있었다.

그가 항주성의 쥐새끼 같은 하오문이나 건달들을 옴짝달싹 못하게 하는 살무사라면, 호선은 살무사를 꼼짝 못하게 만드는 봉황이었다.

슷—

호리는 호선이 염복의 얼굴로 손을 뻗는 것을 보았다. 꽤나 느릿한 동작인 것 같은데 그게 아니었다.

뻗었는가 싶은 순간 손은 갈고리처럼 변해서 이미 염복의 귀 어림을 가볍게 움켜잡고 있었다.

빠직!

순간 염복의 머리통이 한 바퀴 빠르게 팽그르 돌더니 다시 제 위치로 돌아왔다.

그것도 눈이 빠른 호리만 어렴풋이 겨우 봤을 뿐, 은초는 눈을 뻔히 뜨고서도 무슨 일이 벌어졌는지 알지 못했다.

염복은 눈을 부릅뜬 채 입을 쩌억 벌리고 있었는데, 목이 빨래를 비틀어 짠 것처럼 뒤틀려 있었다. 목이 한 바퀴 돌아 제자리에 왔으니 당연한 결과였다.

그는 호선이 발휘한 절정의 금나수법에 의해 목뼈가 완전히 부러져서 즉사했다.

채앵!

"이년!"

그 순간 염복 뒤쪽 좌우에 서 있던 두 명 중에 오른쪽의 수하가 어깨에 메고 있던 귀두도를 뽑아 들고 곧장 호선의 머리를 세로로 쪼개어왔다.

호리는 방금 전에 호선이 염복의 귀 부분을 잡는 것을 봤지만 그다음에 그녀가 무슨 수법으로 염복을 죽였는지 두 눈 뻔히 뜨고서도 보지 못했기 때문에 이번만은 놓치지 않으려고 눈을 크게 떴다.

호선은 귀두도가 자신의 머리를 향해 쏜살같이 그이져 오는데도 빤히 바라보면서 피하지 않고 오히려 귀두도를 향해 오른손을 빠르게 뻗어냈다.

호리는 호선의 손이 귀두도를 잡고 있는 수하의 손에 닿는 순간부터 놓치고 말았다.

뚝!

다만 무언가 부러지는 소리가 터지더니,

쩡!

거의 동시에 유리가 깨지는 듯한 소리가 들렸다.

그리고는 끝이었다.

쿵! 쿵! 쿵!

호선이 호리 쪽으로 돌아서서 걸어올 때 염복의 수하 아홉 명이 앞 다투어 바닥에 쓰러졌다.

호리는 크게 놀란 얼굴로 호선을 쳐다보았다.

그녀는 방금 전 염복과 그 일당들을 죽일 때와는 달리 방글방글 미소를 지으면서 호리에게 걸어오고 있는데, 오른손에는 손잡이만 남은 도가 쥐어져 있었다.

호리는 이번에도 호선이 무슨 수법으로 염복을 비롯한 열 명을 순식간에 죽였는지 보지 못했다.

사실 호선은 자신의 머리를 쪼개어오던 자의 손목을 부러뜨려서 찰나지간에 귀두도를 뺏고는, 그것으로 그자의 머리를 세로로 가른 직후에 한 바퀴 빙글 회전하면서 귀두도를 휘둘렀다.

그 순간 쩡! 하고 난 소리는 귀두도가 정확하게 여덟 조각으로 쪼개지는 소리였고, 그 여덟 조각의 날카로운 검편(劍片)들이 여덟 방향으로 쏘아가서 여덟 명의 수하들을 죽여 버린 것이었다.

그 상황들이 단지 눈을 한 번 깜빡이는 찰나지간에 벌어졌기 때문에 호리가 아무리 눈이 빠르다고 해도 그것을 알아보는 것은 불가능했다.

검편들은 여덟 명의 수하들 미간 한복판에 정확하게 꽂혀서 머릿속으로 사라져 버렸기 때문에 겉으로는 희미한 흔적만 보일 뿐이었다.

더구나 피는 한 방울도 흘러나오지 않았으며, 검편에 적중되는 순간 즉사해 버렸고, 또한 단 한 마디의 비명조차 터뜨리지 못했다.

"술 사러 가자."

호선은 놀란 얼굴의 호리 팔을 붙잡고 조급한 표정으로 재촉했다.

호리는 퍼뜩 정신을 차렸다.

"술?"

"응. 약속 안 지킬 거야?"

호선은 불안한 얼굴로 호리의 눈치를 살폈다.

호리가 술을 사주지 않겠다고 하면 울음이라도 터뜨릴 것 같은 표정이었다.

호리는 가볍게 호선의 어깨를 두드렸다.

"걱정 마. 열 병 사줄게."

“저…… 엉말?”

호선의 눈이 커다랗게 떠졌고, 그 속에서는 기쁨과 기대가 출렁였다.

주당(酒黨)의 탄생이었다.

第十一章
오황(五皇)

개방(丐幇) 항주분타주 철륵개(鐵勒丐)는 감히 숨도 크게 쉬지 못한 채 시립한 자세로 슬쩍 전면의 인물을 쳐다보며 공손히 아뢰었다.

"항주분타의 전력을 경주하고 있지만, 말씀하셨던 여자는 아직 찾지 못했습니다."

구파일방은 무림계의 아홉 개의 기둥이다.

그러나 그중 하나인 대방파 개방의 항주분타라고 해도 성밖의 다 찌그러져 가는 토지묘가 고작이었다.

개방 항주분타의 개방 제자들은 모두 팔십여 명이나 되지만, 거의 항주성 전역에 뿔뿔이 흩어져 있기 때문에 큰 장소가 필요하지 않았다.

또한 개방이 원래 거지들의 집단이기 때문에 번듯한 건물을 분타로 사용한다는 것은 어불성설이었다.

말을 마친 철륵개는 평소 자신이 즐겨 않는 제단 앞의 찌그러진 의자에 앉아 있는 인물을 조심스럽게 쳐다보면서 하회를 기다렸다.

무림계에서의 개방이 지니고 있는 위세와 영향력은 실로 대단한 것이다.

더구나 항주 같은 역조의 대도(大都) 분타주는 오결(五結)의 신분이다.

개방 방주가 구결(九結)이고, 장로가 칠결(七結)인 것을 감안한다면 분타주가 얼마나 대단한 신분인지 대충 짐작할 수 있을 것이다.

그런 철륵개가 지금 자신의 의자에 앉아 있는 인물 앞에서 오금을 펴지 못하고 전전긍긍하고 있었다.

의자에 앉아 있는 인물은 남의장포를 입은 오십대 중반의 나이로 보였다.

어깨에는 한 자루 푸른빛이 감도는 보검을 메었고, 이마에는 하늘색의 건을 둘렀다.

깨끗하게 상투를 튼 머리와 한 뼘가량의 길고 검으며 탐스러운 수염이 가슴에 늘어졌고, 약간 긴 얼굴은 이목구비가 뚜렷했다.

특히 깊숙하게 가라앉아 있는 눈빛은 일반인들이 보면 아무렇지도 않겠지만, 무림고수가 마주 대한다면 필경 지금 철륵개처럼 기를 펴지 못할 터이다.

남의장포인은 기골이 장대했다. 낮은 의자에 앉은키가 서 있는 철륵개의 귀에 닿을 정도였다.

그러나 철륵개가 남의장포인 앞에서 조심하는 이유는 따로 있었다.

그의 신분 때문이었다.

무림오황의 하나인 검황루의 세 명의 장로, 즉 검황삼기(劍皇三奇) 중에 정천기(霆天奇)가 바로 그였다.

개방의 방주라고 해도 검황삼기 면전에서는 옷깃을 여며야만 할 것이다. 하물며 일개 분타주인 철륵개는 두말할 필요가 없을 터이다.

"시체도 찾지 못했는가?"

이윽고 정천기가 나직하며 묵직한 음성을 흘려냈다.

"그렇습니다."

정천기는 다시 침묵을 지켰다.

철륵개는 조금 용기를 냈다.

"지난번에… 그 여자가 중상을 입은 채 운하로 추락했다고 말씀하셨습니까?"

정천기는 고개만 가볍게 끄덕였다.

"그렇다면 지금쯤 그 시체는 바다로 떠내려가서 가라앉아 있을 것입니다. 항주성에는 수십 줄기의 운하들이 있고, 그것들 대부분은 전당강으로 모였다가 바다로 흘러 나갑니다."

철륵개는 말을 하는 도중에 조금씩 용기가 더 생겨났다.

"여러 정황으로 미루어 볼 때, 그 여자가 죽어서 바다로 떠내려갔을 확률은 구 할 구 푼입니다. 아무래도 대협께선 세상에 없는 사람을 찾으시는 듯하군요."

"지금 나를 가르치는 것인가?"

정천기는 나직하게 중얼거렸지만, 그 목소리는 철륵개의 온몸을 태풍처럼 뒤흔들었다.

"아, 아닙니다. 제가 어찌 감히……."

철륵개는 화들짝 놀라 황급히 머리가 바닥에 닿도록 허리를 굽혔다.

슥—

정천기는 일어나서 토지묘 밖으로 천천히 걸어나가며 중얼거렸다.

"사흘의 말미를 주겠네. 그 안에 그녀에 대한 무엇이라도 알아내야 할 게야."

확률 일 푼을 찾아내라는 것이었다.

철륵개는 정천기를 배웅하기 위해서 황급히 토지묘 밖으로 나갔지만 그의 모습은 어디에도 보이지 않았다.

"휴우……."

정천기가 완전히 사라졌다는 사실을 확인한 후에야 철륵개는 긴 안도의 한숨을 토해냈다.

십이일 전 새벽녘에 정천기는 불쑥 개방 항주분타에 나타나서 철륵개에게 한 여자의 간단한 용모파기와 그녀가 중상을 입었다는 사실만 알려준 후 반드시 그녀를 찾아달라고 정중하게 부탁했다.

개방은 검황루의 하부 조직이 아니다. 아니, 무림오황 어디에도 속해 있지 않은 완전히 독립된 방파가 틀림없다.

그러나 철륵개는 정천기의 부탁을 거절하지 못했다. 그것은 부탁이 아니라 명령이었다.

무림오황은 천하 무림의 절대적 존재들이다. 그들 다섯 방파는 아무도 거느리지 않지만, 어느 누구도 그들의 부탁 아닌 명령을 거부할 수는 없다.

표면석으로 천하 무림은 그 어느 시기보다 평화롭게 보이지만, 껍질 하나만 살짝 벗겨내면 치열한 암투와 암약이 난무하고 있다는 사실을 쉽사리 알 수 있다.

당금 무림은 다섯 개의 거대한 세력으로 분할되어 있었다.

그 다섯 세력의 중심에는 무림오황이 웅크리고 있다.

무림오황 중에서 어느 방파가 강하고 어느 방파가 약하다고 누구라도 감히 말할 수 없는 상황이었다.

그들 각각의 힘과 세력은 모두 엇비슷했다. 만약 무림오황의 강약 구별이 뚜렷했다면 암투나 암약 같은 것은 애초에 일어나지 않았을 것이다.

아니, 그랬다면 무림오황이라는 초거대 방파들의 존재 자체가 불투명했을 터이다.

즉, 그만그만한 힘과 세력을 지니고 있기 때문에 물속에서 치열한 암투를 벌이고 있는 것이다.

다시 말하지만 무림오황은 무림의 그 어떤 방, 문파나 개인도 거느리고 있지 않다.

다만 수많은 방, 문파들이 자신들의 이해득실을 따져 주판알을 튕겨본 후에 제 스스로 무림오황의 날개 밑으로 모여들었을 뿐이다.

그리고 개방은 검황루의 날개 밑에 둥지를 틀었다.

"사흘이라……."

철특개는 정천기가 주고 간 말미를 나직이 중얼거렸다.

철특개는 지난 십이 일 동안 항주분타의 팔십여 제자들을 풀어 정천기가 말한 여자를 찾아내려고 무진 애를 썼지만 끝내 허사였다.

다시 사흘의 말미를 주었지만 그 여자를 찾아낼 자신이, 아니, 가망이 전혀 없었다.

사실 개방의 팔십여 제자가 항주성에서 누군가를 찾아내기로 작심하면 사흘도 길다고 할 수 있다.

누구네 집 숟가락이 몇 벌인지까지도 훤하게 알고 있는 개방 제자들이 아닌가.

그런데 십이일 동안 항주성을 발칵 뒤집어도 찾아내지 못했다면, 결론은 두 가지뿐이다.

정천기가 용모파기를 잘못 알려주었든가, 십이 일 전 밤에 운하로 추락했다는 그 여자가 아무에게도 발견되지 않은 상태에서 운하와 강을 거쳐 바다로 흘러갔을 것이라는 얘기다.

만약 누군가 그녀의 시체라도 봤다면, 개방 제자들이 그 목격자를 못 찾아낼 리가 없었다.

그러나 어쨌든 사흘의 말미가 더 주어졌다. 그 여자가 죽었다면 바다 속을 뒤져서 시신이라도, 고기밥이 됐다면 뼛조각이라도 찾아내야만 할 것이다.

그 여자가 죽었든 살았든 그것을 확증할 만한 물증을 제시하지 못한다면, 철륵개는 심각한 상황에 처하고 말 것이다.

물론 정천기 같은 거물이 철륵개에게 직접적인 징벌 같은 것을 내리지는 않을 터이다.

그저 어느 날인가 철륵개는 소리 소문 없이 중원에서 만여 리 이상 떨어진 변방의 다 찌그러져 가는 개방 분타에서 한숨을 폭폭 쉬고 있는 자신을 발견하게 될 것이다.

제자들의 보고에 의하면, 무림 고수로 보이는 백여 명의 인물들이 항주성 구석구석을 샅샅이 뒤지고 있다고 했다.

철륵개는 그들이 정천기의 수하들일 것이라고 판단했다.

항주성이 제아무리 크고 복잡하다지만, 정천기의 수하 백여 명과 항주성을 제 손바닥의 손금처럼 환하게 알고 있는 팔십여 개방 제자들이 뒤지고 있는데도 찾아내지 못하는 여자라면, 이곳에 없는 것이 분명했다.

철륵개는 그 여자가 누군지 궁금하지도 않았다.

그는 가까운 인근의 개방 분타에 도움을 청해야겠다고 생각하면서 십이 일 전에 정천기가 말해준 그 여자의 용모파기를 머릿속에서 그리며 나직이 중얼거렸다.

"서시를 능가하는 절세미녀에 최고급 비단옷을 입은 공주 같은 분위기의 소녀라⋯⋯."

*　　*　　*

삐걱! 삐걱!

"무슨 난리라도 벌어졌나?"

철웅은 노를 젓다가 운하 양쪽과 저만치 다리 위로 많은 거지들이 이리저리 뛰어다니는 것을 발견하고는 고개를 갸웃거리며 중얼거렸다.

"무슨 일이야?"

움집 뒤쪽 휘장이 빼꼼이 젖혀지면서 궁금한 듯한 표정의 은초의 얼굴이 나타났다.

"거지들이 사방으로 뛰어다니고 야단법석이야."

"은초야, 개방의 거지들이냐?"

그때 움집 안에서 호리가 물었다.

은초는 일어나서 운하 옆을 달려가고 있는 한 떼의 거지들을 자세히 쳐다보았다.

거지들이 입은 옷이 누덕누덕 기운 것이 보였다. 또한 허리의 매듭도 보였다.

은초는 그것이 개방 제자들만의 표식이라는 사실을 호리에게 들어서 알고 있다.

"그래, 개방 거지들인데?"

"철웅, 쌍돛을 올리고 전속력으로 항주성을 빠져나가자."

호리가 차분한 목소리로 지시했다.

원래 철웅과 은초는 호리의 말이라면 한마디도 토를 달지 않고 즉각 움직인다.

은초가 밖으로 나가 돛을 펴는 철웅을 도왔다. 호리궁은 곧 앞뒤의 쌍돛을 활짝 펴서 올렸다.

마침 적당한 순풍이 불어오자 호리궁은 쏜살같이 수면 위를 미끄러져 나갔다.

·　원래 운하는 가장 넓은 곳의 폭이 오 장 남짓으로 좁기 때문에 큰 배들은 다니지 못하며, 모든 배들이 돛을 펴지 않은 채 노를 저어 운행한다.

돛을 펴면 속도가 빨라지기 마련인데, 그렇게 되면 복잡한 운하에서 다른 배와 충돌하기 십상이기 때문이었다.

그러나 그것은 다른 배들에 국한된 얘기다.

철웅이나 호리가 타주(舵柱:방향을 조종하는 기둥)를 잡는 경우에는 운하에 아무리 배가 많다고 해도, 그리고 호리궁이 아무리 빨리 달려도 다른 배와 충돌하는 일 같은 것은 벌어지지 않는다.

지금 호리궁은 평소보다 두 배 가까이 무거웠다. 염복 일당을 모두 죽인 후에, 염복의 비밀 금고에 있던 돈을 깡그리 털어서 배에 실었기 때문이다.

염복은 항주성에서 벌어들인 돈을 차곡차곡 모았다가 정기적으로 석 달에 한 번씩 낙양에 있는 구사문 총단으로 보내고 있다.

그 석 달째가 바로 닷새 앞으로 다가왔기 때문에 염복의 커다란 비밀 금고에는 상납금으로 모아둔 은자가 가득했으며, 약간의 금화와 보석, 또는 돈이 될 만한 생아편 따위도 잔뜩 들어 있었다.

호리는 그것을 지난 삼 년여 동안 염복에게 꼬박꼬박 바쳤던 구 할의 상납금이라고 여겼다.

바친 돈에 비하면 일부에 불과하지만, 염복과 그 일당들을 죽였으니 이 정도로 상쇄됐다고 자위했다.

호리가 걱정하고 있는 것은 흑도방이었다.

이제 막 무림계의 한 귀퉁이에 개파를 한 흑도방과 무림의 쟁쟁한 구파일방 중 하나인 개방이 무슨 연관이 있을까마는, 그래도 개방 제자들이 이리저리 뛰어다니는 것이 영 심상치 않았다.

세상일이란 모르는 것이고, 조심해서 나쁠 것은 없었다.

호리궁은 전당강으로 빠져나와 잠시도 쉬지 않고 달려 신시(申時 : 오후 4시) 무렵에 감포(澉浦)에 당도했다.

해령현(海寧縣)까지가 전당강이고, 거기서부터는 바다인 항주만(杭州灣)이다.

바다라고는 하지만 아직은 내해(內海)다. 호리궁이 도착한 감포에서부터 본격적인 외해(外海)인 옥반양(玉盤洋)이 시작되고, 그곳에서 이백여 리 정도 더 나가면 바야흐로 망망대해인 동해(東海)가 펼쳐진다.

호리는 장강을 거슬러 올라 수로(水路)로 낙양에 갈 계획을 세웠다.

그러자면 항주성에서 운하를 따라 북상하는 방법이 가장

간단하고 손쉽다.

운하가 꼬불꼬불하긴 하지만 강소성에서 바다로 유입되는 장강 하류까지는 사백여 리밖에 안 되는 거리다.

그런데 전당강으로 빠져나가 바다, 즉 동해로 빙 돌아가서 장강 하구로 진입하는 길은 운하로 질러 가는 거리의 두 배 반에 달하는 무려 천여 리 길이다.

그러나 호리는 바닷길을 선택했다.

두 가지 이유에서였다.

첫째, 운하는 강소성 남단과 절강성 북단에 걸쳐서 거대하게 펼쳐져 있는 호수 태호(太湖)까지 뻗어 있는데, 그곳까지 이백여 리 운하의 폭이 너무 좁았고 또 꼬불꼬불했으며, 운하 양옆 둑길은 관도로 사용되고 있다.

만약 흑도방이나 염복이 속해 있는 구사문이 호리궁을 추격하는 일이 벌어지고 또 발각된다면, 호리 일행은 운하에서 꼼짝없이 붙잡히는 신세가 되고 말 것이다.

둘째, 호리와 호선, 철웅, 은초 네 명이 몇 달 동안 배에서 생활하기에는 호리궁이 너무 비좁았다.

또한 호리궁 정도 크기의 배는 항주성 내에서는 괜찮지만 장거리를, 그것도 대륙을 횡, 종단해야 하는 대장정에는 적합하지 않았다.

만약 그래도 호리궁으로 대장정을 강행한다면, 오래지 않

아서 크게 훼손되거나 심할 경우 박살나고 말 것이라서 계획
에 큰 차질을 빚게 될 것이다.

그래서 삼 년 전에 호리궁을 만들었던 곳에서 새 배를 한
척 건조할 생각이었다.

그곳이 바로 감포였다.

감포는 비록 바닷가의 작은 마을이지만 배를 건조하는 선
창(船廠:조선소)들이 많이 있고, 또 건조 기술이 대륙의 어느
곳보다 탁월했다.

"나를 기억하시오?"

호리는 삼 년 전에 호리궁을 만들어주었던 선창의 주인을
찾아가서 불쑥 물었다.

쌀쌀한 날씨에 차가운 바닷바람이 불고 있는 데에도 비지
땀을 흘리면서 수십 명의 일꾼들과 함께 배를 만드는 일에 몰
두하고 있던 초로의 선창 주인은 호리를 힐끗 보고는 다시 그
너머 포구에 정박해 있는 호리궁을 쳐다보더니 퉁명스럽게
내꾸했다.

"자네는 몰라도 내가 만든 저 배는 알지."

"어떻게 알아보시오?"

주인은 귀찮다는 듯 고개를 돌리면서 하던 일을 계속하며
중얼거렸다.

"세상에 자기 자식도 못 알아보는 바보천치도 있나?"

호리는 삼 년 전에도 그의 퉁명스러움과 장인다운 고집이 마음에 들었었다.

"배를 만들어주시오."

주인은 촌각이 아깝다는 듯 대꾸하지 않고 거의 완성되고 있는 배에 열심히 대패질만 하고 있었다.

호리는 개의치 않고 말을 이었다.

"일단 달리면 천하의 그 어떤 배보다 빠르고, 공격을 받을 시에는 창칼에도 뚫리지 않을 만큼 튼튼하며, 네 사람이 일 년 동안 하선하지 않고도 버틸 수 있을 정도의 생활 공간이 갖춰진 배를 원하오."

"잘못 찾아왔네. 그런 배를 갖고 싶으면 군창(軍廠:군함을 만드는 곳)으로 가보게."

나라의 군함만 전문적으로 만드는 곳에서 호리의 배를 만들어줄 리가 없다.

설사 만들어준다고 해도 군창은 이곳에서 삼천여 리나 떨어진 산동성 북쪽 바닷가에 있으니 갈 수가 없다.

함께 온 철웅과 은초는 주인의 사실상 거절에 난감한 표정으로 호리를 쳐다보았다.

그들의 얼굴에는 실망과 함께 그렇게 까다로운 조건의 배가 아닌 평범한 배를 만들어 달라고 다시 한 번 부탁해 보라는 종용의 기색이 역력했다.

그러나 호리는 느긋했다. 오히려 입가에 흐릿한 미소가 떠올라 있었다.

철웅과 은초는 호리의 그런 미소를 예전에도 여러 번 본 적이 있었다.

호리가 어떤 일을 진행하다가 성공을 확신하는 경우에는 반드시 그런 미소를 짓는다는 사실을 잘 알고 있었다.

"기한은 닷새요. 배가 완성되면 은자 오백 냥을 내겠소."

군창으로 가보라는데 호리는 아예 한술 더 떠서 기한이 닷새라고 못을 박기까지 했다.

그는 삼 년 전에 호리궁을 건조할 때 배값으로 은자 삼십 냥을 치렀었다.

지금 그가 제시한 조건의 배가 완성된다고 해도 배값으로 은자 백 냥쯤 지불하면 충분할 터이다.

그런데도 다섯 배인 오백 냥을 지불하겠다고 선뜻 말했다. 그만큼 완벽하게 만들어 달라는 뜻이고, 꿈쩍도 하지 않는 주인의 마음을 움직이려는 의도도 조금쯤은 담겨 있었다.

과연 은자 오백 냥이라는 말에 주인의 대패질이 뚝 멈추어졌고, 얼굴에는 적잖이 놀라운 표정이 떠올랐다.

은자 오백 냥이 주인의 귀를 솔깃하게 만들기는 했지만 그것만으로는 조금 부족했다.

"당신에게 그만한 배를 만들 실력이 없다면 이곳 감포의 다른 선창에 알아보겠소."

배의 표면을 다듬다가 멈춘 대패를 잡은 주인의 손이 가늘게 떨렸다.

얼굴을 배 쪽으로 향하고 있어서 어떤 표정인지는 알 수 없지만, 호리는 그가 자존심이 많이 상한 일그러진 표정을 짓고 있을 것이라고 짐작했다.

이윽고 주인은 대패를 배 안으로 던져 넣으며 딱딱하게 굳은 얼굴로 내뱉었다.

"다른 곳이라니? 이곳 감포 선창에서 그런 배를 만들 사람이 나밖에 또 누가 있다는 말인가?"

호리는 빙긋 엷은 미소를 지었다.

"증명할 수 있는 기회를 주겠소."

주인은 콧김을 내뿜으며 소매를 둥둥 걷어붙였다.

"닷새라고 했겠다?"

"그렇소. 빠듯하다면 며칠 더 걸려도 상관없소."

사실 호리에겐 닷새도 길었다. 그러나 그는 끝까지 주인의 자존심을 긁는 것을 소홀하지 않았다.

자신이 대단한 존재라고 믿는 사람들에게 자존심을 다치는 일은 죽는 것보다 더 견디기 어렵다는 사실을 호리는 잘 알고 있었다.

"닷새면 충분하네! 닷새 후 오시(午時:정오)에 오게."

"알았소. 선수금으로 은자 이백 냥을 내고 가겠소."

"필요없네! 거치적거리니까 이곳에서 꾸물대지 말고 어여 가보게!"

호리는 두말없이 돌아서서 호리궁 쪽으로 걸어갔다.

"과연 호리다. 아예 상대를 어르고 뺨친다니까."

호리 옆을 따르면서 은초가 질렸다는 듯 혀를 내둘렀다.

그러나 철웅은 멀뚱한 얼굴이었다. 그는 기술자들을 모으느라 부산하게 뛰어다니고 있는 주인을 돌아보며 이해할 수 없다는 표정을 지었다.

"안 된다고 그러더니 왜 갑자기 마음이 바뀐 거지?"

은초가 키득거렸다.

"후후……. 세상에 너 같은 얼치기만 있다면 정말 살기 좋을 텐데 말이야."

세 사람이 호리궁의 움집 안으로 들어가자 혼자 있던 호선이 울상을 지으면서 호리를 바라보았다.

"호리야, 어떡하면 좋이?"

"왜?"

그녀의 표정이 너무 절망적이라서 호리는 가볍게 놀라 그녀 옆에 다가앉으며 물었다.

"이게 마지막 술이야. 이거 다 마시면 어떻게 하지?"

그녀는 술병 하나를 가슴에 꼭 안은 채 당장이라도 죽을 것 같은 표정을 지어 보였다.

호리와 철웅, 은초는 어이없는 표정을 지었다.

호선은 이제 겨우 두 번째 마셔보는 술인데도 하는 행동은 영락없는 술꾼의 그것이었다.

마치 이 술이 다 떨어지면 세상이 끝날 것 같은 표정을 짓고 있지 않은가.

"그것 큰일이로군."

호리는 짐짓 난감한 표정을 지으면서 함롱에 등을 기댔다.

"그렇지? 정말 큰일이지?"

"그러게 말이다."

호리는 건성으로 대답하고는 철웅에게 지시했다.

"철웅아, 아까 오다가 내가 말했던 곳 있지? 그리 가자."

"알았어!"

철웅은 대답하고 즉시 밖으로 달려나갔다.

호선은 술병을 귓가에 대고 가만히 흔들었다.

찰랑찰랑…….

술병 안에서 술이 흔들리는 소리로 미루어 절반쯤 남은 것 같았다.

"반밖에 안 남았어……."

호선은 안타깝게 중얼거리면서 술병을 가슴에 꼭 안았다.

너무 아까워서 마실 엄두가 나지 않는 그녀였다.

호리는 함롱에 길게 기대어 누워 눈을 감으면서 중얼거렸다.

"틀렸어. 반이나 남은 거야."

호선은 깜짝 놀라는 얼굴로 호리를 바라보다가 다시 술병을 쳐다보는데 얼굴이 점점 환하게 밝아졌다.

"맞아! 반이나 남은 거야!"

그러더니 술병의 주둥이를 입에 대고는 고개를 젖히고 단숨에 들이켰다.

"카아~! 맛있다!"

그녀는 빈 병을 옆으로 툭 내던지고는 호리 옆에 바짝 붙어서 그를 향해 누웠다.

그녀의 뒤쪽 바닥에는 빈 술병 열 개가 어지럽게 나뒹굴어 있었다.

은초는 고개를 갸웃거리며 알 수 없다는 표정을 지었다.

"반밖에 안 남은 것이나 반이나 남은 것이 대체 무슨 차이가 있다는 것인지……."

제 딴에는 영특하나고 자부하는 은초로서도 이해할 수 없는 말이었다.

호선은 움집 천장을 향해 똑바로 누운 호리의 팔을 들어 올려 아주 자연스럽게 베고는 팔로 그의 가슴을 꼭 안고 귓전에 대고 속삭였다.

"술 또 사줄 거지?"

"응. 내 부탁만 들어주면."

"뭔데? 뭐든지 말만 해."

황주를 열 병이나 마시고도 끄떡없는 호선의 눈이 다시금 초롱초롱하게 빛나기 시작했다.

"나중에."

"알았어. 나중에, 내일."

호선은 뺨을 호리의 어깨에 부드럽게 부비더니 잠시 후 눈을 감고 나직이 속삭였다.

"정말 행복해……."

기억을 잃기 전의 그녀는 단 한 번도, 그리고 단 한순간도 이런 행복을 느껴본 적이 없었다.

그러나 그녀는 그 사실마저도 기억하지 못하고 있었다.

감포에서 전당강 쪽으로 십오 리 거리에 항주만으로 흘러드는 강이 하나 있다.

강 하구는 거대한 호수처럼 드넓었으며 강 양쪽은 끝이 보이지 않을 정도의 갈대숲으로 이루어져 있었다.

호리궁은 그 깊숙한 곳에 자리를 잡았고, 호리 일행 네 사람은 그곳에서 끼니때마다 따뜻하게 밥을 해 먹으며 비좁은 움집 속에서 몸을 부대끼면서 휴식을 취하는 틈틈이 머리를 맞대고 앞으로의 계획을 구상했다.

하루빨리 사부를 만나 사매 연지를 구하겠다는 마음으로 가득한 호리는 닷새가 오 년처럼 길고 지루했다.

＊　　　＊　　　＊

낙양.

늦은 밤, 낙양성의 변두리에 위치한 허름한 객잔 이층의 어느 객방 안.

쿵!

몹시 낡은 나무 탁자 위에 하나의 철궤가 묵직하게 놓여졌다.

철궤 무게 때문에 탁자가 무너질 듯이 삐걱거리는 바람에 탁자에 놓여 있던 술병과 잔이 어지럽게 쓰러지면서 술이 바닥으로 흘러내렸다.

“이게 무엇이오?”

혼자서 싸구려 독한 술을 마시면서 딸 연지를 걱정하는 쓰린 가슴을 달래고 있던 중에 낯선 불청객의 방문을 받은 조항유는 철궤와 그것을 가져온 사람들을 번갈아 쳐다보며 의아한 얼굴로 물었다.

불청객은 세 명이었다.

앞에 선 인물은 흑색 장포를 입은 사십오륙 세가량의 중후

한 용모에 당당한 체구를 지녔고, 뒤에 나란히 서 있는 두 명
의 흑의경장인은 수하인 듯했다.

흑색장포인은 장포 안에 고급 비단의 황의를 입고 있었는
데, 목 아랫부분에 입고 있는 황의보다 더 짙은 색으로 수놓
은 황룡의 머리 위 뿔 부위가 약간 내비쳤다.

그로 미루어 그는 평소에 황룡이 수놓인 황의를 입는데 오
늘 밤에는 밤나들이를 하느라 겉에 흑색 장포를 걸쳐 입었다
는 것을 짐작할 수 있었다.

"은자 만 냥이오."

흑색 장포인이 굵은 저음으로 나직이 중얼거렸다.

"어쩌라는 것이오?"

조항유는 산동 봉래현의 집을 떠날 당시보다 많이 수척해
진 상태였으며, 십 년은 더 늙은 듯한 창안백발(蒼顔白髮)의
모습이었다.

"이것을 갖고 낙양을 떠나시오."

"왜 그래야 하오?"

"우리가 원하니까."

"당신은 누구요?"

"몰라도 되오."

"나는 낙양을 떠날 수 없소."

조항유는 쓰러진 술병을 집어 들고 입으로 가져가 한 모금

을 마셨다.

흑색장포인은 두 가지 방법을 갖고 조항유를 찾아왔다.

철궤에 담긴 은자 만 냥이 그중 한 가지다. 은자 만 냥이면 웬만한 사람은 평생 구경조차 하기 힘든 거액이다.

오늘로서 조항유가 낙양에 도착한 지 닷새가 됐다.

그는 낙양에 도착하자마자 곧장 무황성을 찾아갔다. 물론 딸 연지를 납치했다는 이소성주를 만나기 위해서였다.

그러나 무황성은 아무나 출입할 수 있는 곳이 아니었다.

조항유는 자신의 딸이 이소성주에게 납치됐다는 사정 애기를 수없이 반복하면서 성문을 지키는 무사에게 들어가게 해달라고, 아니면 이소성주에게 기별이라도 전해달라고 애원했지만 어느 것도 허락되지 않았다.

그렇지만 조항유는 포기하지 않았다. 그 다음날도, 또 그 다음날도 무황성을 찾아가서 끈질기게 매달렸다.

그러나 그의 끈질김과 지극한 부성애(父性愛)마저도 무황성의 권위 앞에서는 너무도 보잘것이 없었다.

그래서 그는 나흘째부터는 방법을 바꿔보기로 했다. 낙양과 인근에 있는 영향력 있는 인물들을 일일이 찾아다니면서 자신의 딸이 무황성 이소성주에게 납치됐다는 사실을 눈물로 하소연했다.

그 영향력 있는 인물들이 자신을 도와줄 것이라고는 생각하지 않았다.

다만 누군가가 무황성 이소성주에 대해서 들쑤시고 다니면서 이상한 말을 하고 다닌다는 소문이 무황성 안으로 전해지기만 해도 성공이라는 생각을 했다.

그렇게만 된다면 무황성으로서도 가만히 앉아 있을 수만은 없을 것이다.

어제와 오늘 이틀 동안 조항유는 낙양 인근의 영향력있는 인물들 수십 명을 만나고 다녔으며, 시간이 조금 남자 무황성 성문 앞에서 그곳에 드나드는 사람들을 아무나 붙잡고 자신의 사정 얘기를 늘어놓았다.

그리고 지친 몸을 이끌고 하루 숙박에 구리돈 서 푼짜리 싸구려 객잔으로 돌아와 술을 한잔하고 있을 때 이들의 방문을 받은 것이다.

조항유는 이들이 누군지는 알지 못하지만 무황성에서 나왔다는 것쯤은 짐작할 수 있었다.

그가 어제와 오늘 이틀 동안 발이 부르트도록 돌아다닌 결과가 지금 눈앞에 있었다.

"내 딸을 돌려주시오. 그럼 즉시 떠나겠소."

조항유는 단호하게 말하고 나서 탁자에 쓰러져 있는 술병을 집어 들어 입에 댔다.

흑색장포인은 조용한 어조로 조항유를 달랬다.

"이소성주께선 당신 딸을 매우 마음에 들어하시오. 또한 당신 딸도 새로운 생활에 만족하고 있으며 이소성주를 기꺼이 모시겠다고 약속했소."

탁!

"그럴 리가 없소!"

갑자기 조항유는 술병을 세차게 탁자에 던지듯이 내려놓으며 낮게 소리쳤다.

그는 딸 연지가 이소성주를 기꺼이 모시겠다고 말했다는 흑색장포인의 말을 추호도 믿지 않았다.

연지는 그런 아이가 아니었다. 그 아이의 마음속에는 아비와 오빠 같은 사형밖에 없었다.

"딸아이를 돌려주시오. 그러지 않을 경우에는, 이소성주가 내 딸아이를 납치했다는 사실을 오래지 않아서 온천하가 알게 될 것이오."

조항유는 그 방법이 결국 주효하여 이소성주나 무황성을 곤란하게 만들 것이라고 굳게 믿었다.

그렇기 때문에 이소성주가 귀찮은 조항유를 회유하려고 은자 만 냥을 들려서 흑색 장포인을 보낸 것이 아니겠는가.

"정녕 마음을 바꾸지 않겠소?"

흑색 장포인이 여태까지와는 달리 짙은 안개처럼 자욱한 어조로 나직하게 물었다.

조항유는 오히려 한 걸음 더 나갔다.

"내일 중으로 딸아이를 돌려주지 않는다면, 나는 이 사실을 무림사황에 호소하겠소!"

그로서는 절묘한 한 수였다.

그러나 그는 미처 깨닫지 못하고 있었다. 그것이 절묘하기도 하지만, 매우 위험한 한 수라는 사실을.

흑색 장포인은 결국 자신이 가지고 온 두 번째 방법을 쓸 수밖에 없다고 판단했다.

그는 보일 듯 말 듯 가볍게 고개를 끄덕이며 옆으로 한 걸음 비켜섰다.

그때 조항유가 벌떡 일어나 두 손을 저었다.

"이 철궤를 갖고 어서 썩 나가시오!"

순간 흑의경장인 한 명이 오른손으로 어깨의 검파를 잡은 채 미끄러지듯 한 걸음 앞으로 나섰다.

스파앗!

그리고 뇌전처럼 새파란 검광 한 줄기가 조항유의 머리 위 허공을 세로로 갈랐다.

『일척도건곤』 2권에 계속…

입소문을 통해 아는 분은 다 알고 계십니다!
올 한해 공인중개사 최고의 화제작!

1~2권 합본 | 이용훈 지음
3~4권 합본 | 이용훈 지음
5~6권 합본 | 이용훈 지음
용어해설 | 이용훈 지음

수험생 기본 필독서
만화 공인중개사

제목 : 만화공인중개사 쓰신 분에게 감사드립니다.

학원을 두 달 다녔어요. 근데 과연 그 숫자 외우기 그런 게 몇 문제나 나올까 생각을 했어요.
아니라는 생각이 드네요. 학원강의를 뒤로하고 서점을 갔어요. 내 머리에 가장 이해될 수 있는
책이 없나 하구요. 거기서 만화를 발견했어요. 무조건 세 번 봤어요. 3개월 걸렸어요. 문제집을 보라고
했는데 그건 시행을 못했어요. 근데 합격을 했네요.
어떻게 감사의 말을 해야 될지……
도서관에서 만화책 들고 다니니까 사람들이 비웃더라구요. 만화책으로 공인중개사를 공부한다고
미친 사람처럼 보더라구요. 근데 그거 다 감수하고 했던 내가 자랑스럽습니다.
어떻게 감사의 말을 해야 할지… 정말 감사합니다.
부디 행복하세요. 제 나이 41살에 좋은 스승을 만난 것 같습니다.
엎드려 감사드립니다.

-본사 홈페이지에 독자분이 올린 메일 中 에서 발췌-